ロイヤルウェディングは強引に

水上ルイ

16577

角川ルビー文庫

Contents

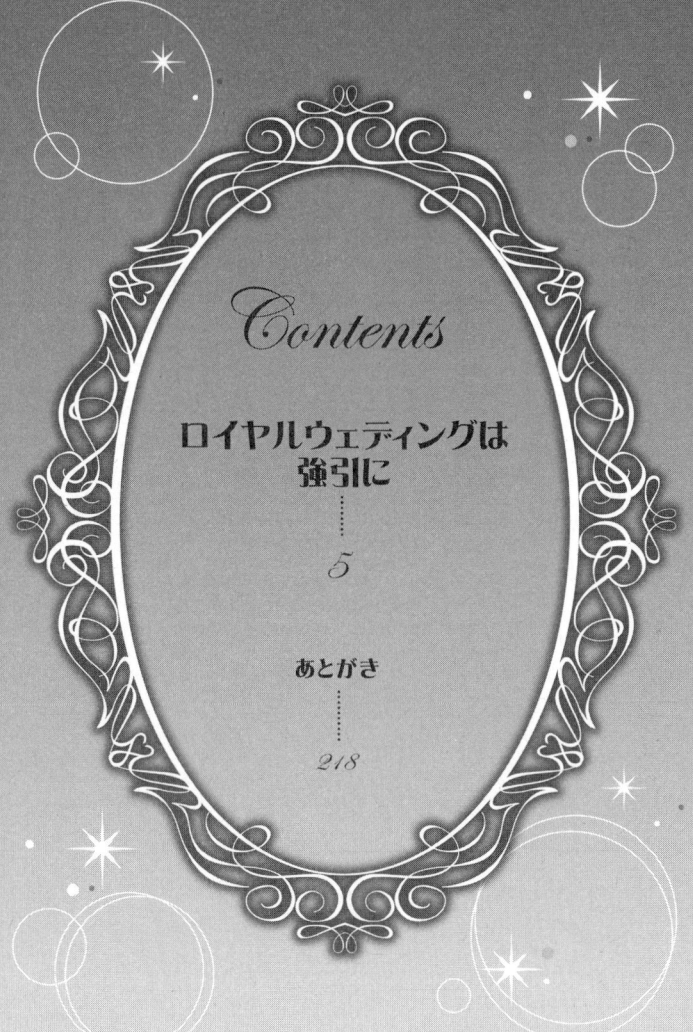

口絵・本文イラスト／明神　翼

ミハイル・サンクト・ロマノフ

『これはね、サンクト・ロマノフ大公家に伝わる、とても不思議な指輪なの』

ベルベットの張られた宝石箱の中、燦然《さんぜん》と煌《きらめ》く一つの指輪。紫色《むらさきいろ》を帯びた美しいサファイヤ、それを飾《かざ》る朝露《あさつゆ》のように透明《とうめい》なダイヤモンド。それは子供の私から見ても呆然《ぼうぜん》とするほど美しい指輪だった。それをうっとりと見つめながら、母親は言った。

『お父様の結婚《けっこん》相手を探すパーティーで、何十人もの女性がこれを嵌《は》めてみたわ。その時はなんでもなかったのに……お母様が嵌めたら、突然《とつぜん》外れなくなってしまったの』

母は宝石箱から指輪を取り、ほっそりとした左手の薬指にそれを嵌めようとする。子供の私は心配になって、

『ダメです、また外れなくなるかも……！』

『大丈夫《だいじょうぶ》よ』

母は笑って、指輪を嵌め、それをすぐに抜《ぬ》いてみせる。それはなんの抵抗《ていこう》もなく外れる。

『お父様がプロポーズをしてくださった瞬間《しゅんかん》、それまでのことが嘘《うそ》みたいにスッと抜けたわ。

これは、花嫁《はなよめ》が誰《だれ》かを示してくれる指輪だから』

母は指輪を宝石箱に戻《もど》し、私を見つめて、

『ミハイル、忘れないで。この指輪は、次はあなたのお妃様《きさき》になる人を示してくれるのよ』

私は今はなき母の笑顔《えがお》を思い出し、それから今はガラスケースに厳重に入れられているその指輪に視線を戻す。

……母はああ言ったが……そんなお伽噺《とぎばなし》のようなことが、現実に起きるわけがない。

「……ですから、十日後に行われるパーティーでは、集まった結婚相手候補のお嬢《じょう》さん達全員に、この指輪を順番に嵌めていただくことになります」

話しているのは、私の城の執事《しつじ》であるイワノフ。私の祖父の代から大公家の花嫁探しを経験してきた彼は、今回のパーティーにもやけに力が入っている。

「おまえの好きなようにしてくれ」

私は腕《うで》を上げて手首の時計を見下ろしながら言う。

「そろそろ会議の時間なのだが、王宮に戻っていいだろうか？」

「ミハイル様！」

イワノフは責めるような顔で私を睨《にら》む。

「あなたの伴侶《はんりょ》を探すパーティーなのです。少しは前向きに……」

「私の花嫁を探しているのではなく、サンクト・ロマノフ公国の妃を探しているのだろう？

おまえたちが気に入った女性を妃に選ぶといい。私はその判断に従うし、今後も何も口出しはしない」

私は言い、踵《きびす》を返す。イワノフは私の背中に向かって、

「明日から、このサンクト・ロマノフ美術館は補修のための臨時休館に入ります。観光客がいなくなっているのは都合がいい。私がこれを王宮に責任持って運ばせていただきます」

その言葉に、私は思わず振《ふ》り返る。

「おまえがそんなことをする必要はない。花嫁選びのパーティーがあることは世界中に知れ渡《わた》っている。この『妃の指輪』が美術館から運び出されるであろうことも。危険なので、警備を完璧《かんぺき》にし、警護の人間が運ぶように……」

私が言うと、執事はにっこりと笑う。

「私はあなたのお祖父《じい》様の頃《ころ》から、『妃の指輪』を運んで参りました。曾祖父《そうそふ》様の頃には私の父が、そしてそれ以前にも、すべて私の一族が」

彼は自信満々の顔でにっこり笑ってみせる。

「ある特別な方法を使って運びます。ご心配には及《およ》びません」

彼の判断を、私は後にとても感謝することになるが……その時には、そんなことはまだ知る由《よし》もなかった。

石川和馬

「うっそだろ？」

オレはエントランスドアの前に置かれたプラスティック製の看板を見て、目を疑う。そこには各国の言葉でお知らせが印刷されている。オレは第二外国語でロマノフ語をやっていたし、通っていた美大にはこの国からの留学生がいた。いつかはサンクト・ロマノフに留学したいと思っていたオレは、自分で勉強するほかに彼にいろいろ教えてもらって日常会話くらいならできるようになった。それもこれも、このサンクト・ロマノフ美術館の所蔵品に興味があったからで……。

『改修のためしばらく休館します』

オレは英語とロマノフ語で印刷されたその言葉を呆然と見つめて立ちすくむ。それから期間が書いていないことに気づいて、慌《あわ》てて周囲を見回す。

……もしかしたら、明日にでも開館するかもしれなくて！

オレは清掃員《せいそういん》の制服を着たおじいさんが階段を箒《ほうき》で掃《は》いているのを見つけて、思わず彼に駆《か》け寄る。

「すみません！　ちょっとお聞きしたいんですが！」

オレが言うと、彼は驚《おどろ》いたように顔を上げる。

「はい、なんでしょうか？」

学校にいた留学生以外でサンクト・ロマノフの人としゃべるのは初めてだった。でもちゃんと通じて、しかも相手の言うことがちゃんと解《わか》ったことに、オレはちょっと感激……いや、そんな場合じゃないんだよ。

「臨時休館って書いてありますけど、これっていつまでなんですか？　オレ、一週間後には日本に帰らなきゃならないんですけど……」

「建物の一部を改修しているみたいだからね。一ヵ月はかかるんじゃないかな？」

「そんな！　来る前にネットで調べたときには、そんなお知らせどこにもなかったのに！」

オレが言うと、おじいさんは気の毒そうな顔になって、

「この建物も古いからねえ。一部の部屋で雨漏《あまも》りが見つかったらしいんだ。展示品に何かあったら大変だから急遽《きゅうきょ》修理を始めると聞いたよ」

その言葉にオレは呆然とし……それから絶望のあまり座り込みそうになる。

……ああ、信じられないほどアンラッキーだ！

オレの名前は石川和馬《いしかわかずま》。二十一歳。都内にある美大の四年生。卒業までの二週間の休みの間

に、一人で卒業旅行中。五月からはデザイン事務所への就職が決まってる。ほかの悪友達はパリだのローマだのメジャーな場所への卒業旅行に出かけていったけれど、オレはサンクト・ロマノフ公国にあるこのサンクト・ロマノフ美術館にどうしても来たくて、みんなからの誘《さそ》いを全部断って一人で旅行をすることにした。なのに。

……信じられない！　一番の目的だった場所に、入れないなんて……！

「ああ……わざわざ日本から来たのに……」

思わず呟《つぶや》いたオレに、おじいさんはますます気の毒そうな顔になる。

「日本から？　それは気の毒だったねえ」

オレはうなずき……それから彼に愚痴《ぐち》を言っても仕方がない、と思う。

「すみません。わかりました。教えてくださってありがとうございました」

オレはおじいさんに頭を下げ、それからがっくりと肩《かた》を落としてエントランスの階段を下り始める。

……ああ、本当にアンラッキー。でも、せっかく来たんだから楽しまないと。でもやっぱり落ち込みそうで……。

階段をのろのろと下りていたオレの耳に、後ろから走ってくる足音が聞こえる。オレは、さっきのおじいさんが追いかけてきたのかと思って、慌てて振り返る。もしかしたら、「特別に入れてあげる」とか言ってもらえないかとちょっと期待して。だけど……。

駆け下りてきたのは、おじいさんとはまったく別の若い男だった。襟《えり》にファーの付いた黒のダウンジャケットとジーンズ、顔には黒いサングラス。オレが慌てて振り返ったせいで、すぐ脇《わき》を駆け抜《ぬ》けようとしていたその男と、肩と肩が勢いよくぶつかってしまう。

「うわっ！」

その男がやたらと急いでいたせいで、オレは尻餅《しりもち》をつきそうになる。走ってきた男もバランスを崩《くず》して、後ろ向きのまま階段から落ちそうになっている。

「危ない……！」

オレはとっさに手を伸《の》ばし、なんとか止めようとして彼のダウンジャケットの襟を摑《つか》む。だけどそのまま一緒《いっしょ》にバランスを崩し……。

「わあっ！」

オレとサングラスの男は、もつれ合うようにして階段の下まで一気に転げ落ちる。

「……いったぁ……！」

階段の下は歩道になっていて、すぐ後ろは車道だ。オレは肩とお尻《しり》をしたたかに打って、石《いし》畳《だたみ》に転がったままで呻《うめ》く。同じようにダメージを受けたであろうその男は、だけど慌てたように立ち上がり、そのままよろけながら走り去ってしまう。

「くっそ！　ぶつかったんだから謝れよっ！」

オレは男の後ろ姿に向かって叫《さけ》ぶけれど、彼は振り返りもせずにひと気のない路地に駆け込んで姿を消してしまう。オレは憤然《ふんぜん》とため息をつき……それから肩にかけていたメッセンジャーバッグの蓋《ふた》が開いて、中身が散らばってしまっていることに気づく。歩道だけじゃなく、縁《えん》石《せき》の向こう側の車道にまで。

「うわー、もう、最悪だっ！」

オレは叫び、慌ててバッグの中身を拾い集める。クロッキー帳なんかの画材だけならまだしも、旅行費用の入った財布《さいふ》までも散らばってしまっている。朝早いせいでまだ車通りはないけれど、車が来たらぺちゃんこにされてしまう。

「ちっくしょ、なんだよあの男！　美術館の方から来たってことは関係者か？　臨時で休館するし、従業員の教育はなってないし……」

ブツブツ言いながら貴重品をバッグに入れ、最後にクロッキー帳を拾ったオレは、その下にサングラスとタバコの箱があったことに気づく。きっとさっきの男が慌てて落としていったんだろう。ムカつくから放置してやりたいところだけど……このままにしておいたら確実に車につぶされる。せっかく綺麗《きれい》に清掃《せいそう》してある路上にガラスが飛び散るだろうし、さらにそのサングラスはよく見るとカルバン・クラインで……。

「ぶつかった上に、高いものを落としていくんじゃないっ！」

オレはため息をつきながら、クロッキー帳を鞄《かばん》に入れる。それからサングラスと、ついでにタバコの箱を拾い上げて……。

「……え……？」

無造作に持ち上げたせいでやけにずしりと重いタバコの箱の蓋が開き、何かが落ちて路上を転がった。朝の光を反射して、やけに眩《まばゆ》くキラキラと光っている。

「なんだ？」

オレは慌ててそれを追いかけ、拾い上げる。走ってきた車を慌ててよけながら、歩道に駆け戻《もど》り、手のひらの中のものを見下ろす。

「……何これ、綺麗……」

そして思わず呟いてしまう。それは、とても美しい指輪だった。重厚《じゅうこう》でクラシカルなデザインのプラチナ色の台座、中心には長方形をした煌めく青い石。両脇《りょうわき》には正方形の透明《とうめい》な石がやっぱりシンプルな爪で伏《ふ》せ込まれている。その重厚な輝きとずしりとした重さからして、イミテーションじゃなくて本物の貴金属と宝石だろう。

「……なんでこんなものが、タバコの箱に……？」

オレは呟きながら、その指輪に思わず見とれる。真ん中の石は紫色《むらさきいろ》を帯びたとても美しい深いブルー。きっととても上等のサファイヤだろう。そして両脇に留められているのはダイヤ。朝露《あさつゆ》のように複雑な煌きを放つそれらも、とてもランクが高そうだ。

「……それにしても……なんて綺麗なんだろう？」

オレは陶然《とうぜん》と見とれ、そしてその煌きに導かれるようにして……気づいたらその指輪を指に嵌《は》めていた。ぴったりと吸い付くような感触《かんしょく》、ずしりとした重さ。オレはシンプルなデザインのそれが自分の手に意外なほどマッチしていることに驚き、それから自分がその指輪を嵌めたのが左手の薬指だったことに気づく。

……なんでこの指なんだよ？　婚約《こんやく》指輪じゃあるまいし。

オレは気づいて思わず苦笑《くしょう》する。それから、

……遊んでないで、さっさとこれを近くの交番に届けなくちゃ。見るからに高価《たか》そうだから、いきなり強盗《ごうとう》でもされたら大変だ。

思いながら、それを引き抜こうとする。だけど指輪はぴたりとオレの肌《はだ》に張り付いたようになじみ、まったく抜けてくれない。

「……あれ……なんで？」

嵌める時、指輪は意外なほどスムーズに指に入った。だから、きついわけじゃないはず。

「……なのに、なんで抜けないんだ？」

オレは必死で指輪を抜こうとし……そして階段の上にいきなり人影《ひとかげ》が現れたのを見て思わず動きを止める。そこにいたのは、白髪《しらが》の老人と黒ずくめのSPみたいな男達四人だった。彼らがオレを見て何か言い、そのまま駆《か》け下りてきたのを見て驚いてしまう。彼らはオレを取り囲み、いきなり銃《じゅう》をつきつけてくる。

「ちょっと待って、オレ、なんにもしてないぞ！」

男の一人がオレの荷物を取り上げ、さらに別の男が何かの機械でオレの身体《からだ》中をスキャンしている。きっと、武器を持っていないかの金属チェックだろう。ポケットに入っていたペンやコインまでが出され、鞄を持った男に渡《わた》されてしまう。

「オレはただの観光客だ！　武器なんか持ってないってば！」

オレは叫ぶけれど、白髪の老人はオレの手元を見下ろして言う。

「では、なぜその指輪を持っているのです？」

「いや、さっきサングラスをした知らない男が落としていって……」

オレの手には男が落としていったサングラスとタバコの箱。老人はその二つに目をやり、オレをじろりと見つめてくる。

「サングラスも、そこにありますが？　それに服装も同じだ」

そういえば、さっきの男も茶色いファーの付いた黒のダウンジャケットを着て、ジーンズをはいていた。だけどはっきり言ってありふれた格好だし顔ははっきりとは見てないけど、あっちの方が年齢が上だったと思う。さらにあっちの男のジャケットの襟についていたのは、ふわふわとしたリアルファー。愛用してダウンがへたれたジャケットに安っぽいフェイクファーが襟についた俺の服とは、よく見れば全然違ったと思うんだけど……。

「服装は偶然《ぐうぜん》似てるだけだ。サングラスはその男がタバコの箱と一緒《いっしょ》に落として……ともかくオレはただの旅行者で、さっきの男とは全然関係ないんだってば。これも返すし」

オレは慌《あわ》てて指輪を外そうとするけれど、指輪はぴったり嵌《はま》ってしまってなぜか全然抜けない。

「抜けない！　信じられない！」

オレは必死で指輪を抜こうとするけれど、指輪は微動《びどう》だにせずにオレの指に嵌ったまま。

「ともかく、ご同行いただけますか」

老人の言葉に、オレは本気で焦《あせ》る。

「ちょっと待て、すぐに抜くってば。これさえ外れれば、オレがどこかに連れて行かれる理由はないし……うっ」

老人が腕《うで》を上げ、オレの額にいきなり銃口《じゅうこう》を向ける。

「ご同行願います。いいですね？」

「……う……」

安全な日本に住んでいたオレは、銃口を向けられるなんてこと、もちろん初めて。オレは呆《ぼう》然《ぜん》とその黒い銃を見つめ、それから両手を挙げる。

「わかった。悪いことしてないんだから抵抗《ていこう》しない。どこにでもついていくよ」

オレは銃を向けられたままでため息をつく。ごつい男の一人がオレのメッセンジャーバッグを示しながら、オレをじろりと見下ろす。

「中を改めても？」

オレは両手を挙げたままため息をつく。

「どうぞ、ご自由に。どうせ、断る権利とかないんだろ？」

男はうなずいて、鞄の中を徹底的《てっていてき》に調べている。

「武器は持っていないようです」

白髪の老人はうなずき、オレを促《うなが》して歩き始める。よく見ると、少し離《はな》れた場所に黒塗《くろぬ》りのセダンが三台並んで駐車《ちゅうしゃ》している。警察の車には見えないことに気づいて、オレは青ざめる。

「ちょっと待って、あなたたちが怪《あや》しくないってどうやって証明する？」

「すぐにわかります」

彼は言い、オレをそのセダンに押し込む。外からは普通《ふつう》のセダンに見えたけど、やけにガラスが分厚いことにオレは気づく。

……これ、もしかして防弾《ぼうだん》ガラス？　この男達はいったい何者なんだ？

セダンはすぐに発車し、サンクト・ロマノフの街中を走り始める。

……オレ、どこに連れて行かれるんだろう？

車は十五分ほど街中を走り、ふいにその速度を緩《ゆる》めて停《と》まった。オレは緊張《きんちょう》しながらフロントガラスの向こうに目をやり……そして本気で驚《おどろ》いてしまう。延々と続く石造りの高い塀《へい》。精《せい》緻《ち》な模様を描《えが》くロートアイアンで作られた大きな門。それをゆっくりと開けているのは、ガイドブックで見たことのある制服を着た衛兵達。塀の向こう側、緑を隔《へだ》てた場所に見えるのは特《とく》徴《ちょう》的な石造りの建築と、両側にそびえる四本の高い尖塔《せんとう》。ここは多分建物の裏側なんだろうけど……その特徴的なルックスから、どこに連れてこられたのかは一目瞭然《いちもくりょうぜん》。

「……ここ……サンクト・ロマノフ王宮……？」

オレは呆然と前を見ながら言う。大きな門が開かれ、セダンは敷地《しきち》内へと進んでいく。

「……じゃあ、あなた方は警察じゃなくて……？」

オレは隣《となり》に座った白髪の老人に言う。彼はうなずいて、

「彼らは王宮付きの警護官、そして私は王宮内を仕切る執事《しつじ》、グスタフ・グレゴリエヴィチ・イワノフ」

彼はキラリと目を光らせながらオレを睨《にら》みつける。

「そしてあなたが指に嵌めてしまっているのは、この国に代々伝わる国宝です」

オレは呆然とそれを聞き、自分の指を見下ろす。指輪は朝の光の中でキラキラと美しく煌き、その後光が差すような迫力《はくりょく》はやっぱり尋常《じんじょう》な品ではないと思わせる。オレはまた指輪を引き抜《ぬ》こうと手を挙げ……だけど老人に手首を摑《つか》まれてうごけなくなる。

「王宮に専門の者を呼んであります、乱暴に扱《あつか》って万が一のことがあってはいけませんので、それまでは手を触《ふ》れませんように」

それを聞きながら、オレは今さらながらとんでもないことになってしまったのを悟《さと》る。

……信じられない、やっぱりとんでもなくアンラッキーだ……！

ミハイル・サンクト・ロマノフ

午前中の執務室《しつむしつ》。私は書類から目を上げ、ため息をつきながら立ち上がる。

この国の元首の座を継《つ》いでから半年。急ぎの案件は途切《とぎ》れることがなく、さらに各国との友好を深めるためのパーティーはひっきりなし。私の疲労《ひろう》もピークに達している。

私は部屋を横切って、金色の飾《かざ》りで縁取《ふちど》られたフランス窓を開く。半円形のテラスに歩み出て、早朝の澄《す》み切った空気を肺いっぱいに吸い込む。

「失礼いたします！」

ノックと共に入ってきたのは、私の専属秘書であるマルク・セルゲイヴィチ・マカロフ。茶色の髪《かみ》に茶色の瞳《ひとみ》をした美青年だが、仕事のできる有能な秘書。サンクト・ロマノフ大公家に代々仕えているマカロフ一族の一員でもある。

いつも落ち着いて物腰《ものごし》の柔《やわ》らかな彼が、なぜかとても慌て、走ってきたかのように息を切らしている。

「どうした、マカロフ」

「執事のイワノフ氏から電話がありました。『妃《きさき》の指輪』を運搬《うんぱん》中に引ったくりに遭《あ》い、指輪を奪《うば》われたそうです」

その言葉に、私は思わず青ざめる。

「イワノフが？　怪我《けが》は？」

「怪我もありませんし、犯人は捕まり、指輪も無事戻《もど》ってきたようです。しかし……」

彼はなぜか複雑な顔で言葉を切る。

「どうした？　その先を」

「なぜか犯人が『妃の指輪』を指に嵌《は》めてしまい、それが外れなくなっているようです」

「なんだそれは？　取り返されそうになって苦《くる》し紛《まぎ》れの行動なのか？」

私は言い、それから『妃の指輪』を思い出しながら、

「犯人は女性なのか？　『妃の指輪』は見たところかなりサイズが小さかった。男では指に入らないだろう」

「いえ、犯人は若い男性だそうです。まあ……指輪を奪われて興奮したイワノフ氏が犯人だと主張しているだけで、警護の人間は『はっきりとそうは言えない』と言っているようですが。容疑者は日本人。確保してあるので、これから取り調べを始めたいそうです」

私はため息をつき、執務室を横切って歩く。

「外国人が容疑者では、一つ間違《まち》えば国際問題に発展する危険性もある。取り調べには私も同

席する。……予定を何とかずらしてくれ」

私が執務室から廊下《ろうか》に出ながら言うと、すぐ後ろを付いてきていたマカロフは頷《うなず》いて、

「それはなんとかできると思います。それよりも、取り調べの場所なのですが」

「王宮の謁見室《えっけん》でいい」

「かしこまりました」

マカロフは言いながら、携帯《けいたい》で電話をかけ始める。

……執事のイワノフはサンクト・ロマノフ一族に仕えてくれている忠実な執事。私の祖父の代から執事を務めているというベテラン。使用人達をまとめるために常に厳しい姿勢を崩《くず》さないし、かなり頑固《がんこ》なところもある。だが、本当は優《やさ》しい男であることを私はよく知っている。

……イワノフから『妃の指輪』を奪った犯人……いったいどういう男だろう……？

石川和馬

　オレを乗せたセダンは木々の間をゆっくりと走り、聳《そび》え立つ王宮に近づく。近づくにつれて建物はどんどん大きくなり、その迫力に思わず気圧《けお》される。

　観光客が衛兵交替を楽しむサンクト・ロマノフ広場に面した正面門とは、ちょうど真裏の方角からセダンは王宮に近づいているみたいだ。

　オレはガイドブックで何度も見たことがある王宮内部の構造を思い出す。

　王宮の敷地は少し歪んだ三角形をしていて、周囲を高い壁が取り囲んでいる。三角形の一辺は豊かな水をたたえたサンクト・ロマノフ川、もう一辺の外には木々が生い茂る森林があり、街との間を人工の堀が隔てている。そしてもう一辺、正面門にあたる場所は観光客が必ず行くというサンクト・ロマノフ広場に面していて、黒と金の格好いい制服を着た衛兵が交替する様子を見学するのは、サンクト・ロマノフ観光の一つの目玉になっている。

　敷地の周囲を取り囲む高い壁には、全部で十二の小さな塔がある。上からも警備ができるような作りなんだろう。昔だけでなく現在も、制服を着た衛兵がそれぞれの塔に常駐している。

塔に開けられた小さな窓からは、制服を着た衛兵がまるで作り物みたいに微動だにせずにこちらを監視しているのが見える。

正面門の近くには、元首が執務を行う執務棟、そして元老院の大きな建物がある。敷地の裏側……今オレが見ている側には『大帝の鐘楼』や『サンクト・ロマノフ大聖堂』、『サンクト・ウズベニスキー大聖堂』、『サンクト・ロマノフ廟』などの有名な建築があり、特徴的な金色の尖った屋根が外からもよく見える。その向こう側、敷地全体の真ん中に当たる部分に、『大公宮』と呼ばれる、元首の居住スペースがあるはずだ。

セダンは裏門の前で停車し、制服姿の衛兵が近寄ってくる。運転手が窓越しに手を挙げると、衛兵達は最敬礼して巨大な門を開けてくれる。

車は門を通り、王宮の敷地内に滑り込む。白い砂利敷きの道が続き、両側には低木の生垣と美しく手入れされた芝生が広がっている。王宮内はもちろん一般人立ち入り禁止だし、写真もごく限られたものしか公開されてない。そんな場所に一般人のオレが入れるなんて、研究者から見たら信じられないようなラッキーだと思われそうだ。窃盗犯と間違われるわ、高そうな指輪が外れなくなるわでパニックのオレは、全然それどころじゃないけれど。

……いや、でも、やっぱり綺麗なものは綺麗だ。

オレは思わず身を乗り出し、窓の外にだんだん大きくなる『大公宮』の堂々たる姿に目を凝らしてしまう。

金色の飾り窓を無数に持つ、漆喰塗りの白い壁。いかにもサンクト・ロマノフ様式という感じで豪奢な金色に煌いている屋根。

全体は左右対称で、左右の端に二本ずつ、合計四本の尖塔が立っているのが見える。高さは七階建てくらいはありそうで、歴史のある建築としてはかなり巨大だと思う。驚くほどに壮麗な建物だけど……よく見ると屋根の部分には、デザインにまぎれるようにしてたくさんの銃眼が開けられている。この王宮が、サンクト・ロマノフの栄華を見せ付けるためでなく、実戦にも対処できるようにと作られたことを物語っている。オレはあまり歴史には詳しくないんだけど、サンクト・ロマノフには何度か革命が起き、この城にも反乱軍が押し寄せたことがあったはず。だけど王政が一度も屈することがなかったのはこの堅牢さのおかげかもしれない。

セダンは曲がりくねる道を抜けて、『大公宮』の前に出る。車道の左側には長い人工の川が続き、その途中途中にいくつもの噴水が作られている。人工の川に沿って進むと、ひときわ大きな金色の噴水があり、驚くほど高い場所まで水が吹き上がっている。川の向こう側にもう一本の車道が続いているところを見ると、宮殿の車寄せを通った後はそちら側を通って門に向かうのだろう。

オレが呆然と見とれている間に車は進み、金色の屋根を持つ車寄せにゆっくりと滑り込む。建物の裏口とはいえ、その車寄せとエントランスは驚くほどに豪華だ。偉い人がマスコミなんかを避けるためにこっちから入ることも多いのかもしれない。

セダンはエントランスの階段の前にゆっくりと停車する。前後のセダンから降りてきた屈《くっ》強《きょう》な男達——警護官だっけ？——がオレが乗ったセダンの周囲を取り囲み、外側からドアが開かれる。白髪《しらが》の老人——王宮の執事？——が最初に降り、そしてオレは反対側の隣に乗ってきた屈強な男に押し出されるようにして、セダンを降りる。警護隊のメンバーが手に銃《じゅう》を持っているのを見て、オレは本当にとんでもないことになってしまったと思う。

……オレがあの男とは別人だっていうことを証明できなかったら、どうなるんだろう？

オレは本気で怯《おび》えてしまいながら、警護官と執事に挟《はさ》まれるようにして階段を上る。幅広《はばびろ》の階段にはとても柔らかな真紅《しんく》の絨毯《じゅうたん》が敷《し》かれ、オレのバスケットシューズが半分埋《う》まりそう。金色の飾りで縁取られた巨大な両開きの扉《とびら》のエントランスの両側には、お洒落《しゃれ》な黒い制服を着たドアマンが立っていて、オレ達のためにドアを開いてくれる。

……もしかして、塔《とう》に閉じ込められて拷問《ごうもん》されるとか？

オレは怯えながら、エントランスホールに足を踏《ふ》み入れ……。

「……うわ……」

思わず陶然《とうぜん》と呟《つぶや》いてしまう。

「……すごい……！」

エントランスホールはさすが王宮という感じの広大なスペースで、まるで教会みたいに天《てん》井《じょう》が高い。いろいろな色の大理石がモザイク模様を描《えが》いている。上下に繊細《せんさい》な彫刻《ちょうこく》が施された黒い石の列柱が並び、その間にいくつもの彫像《ちょうぞう》が並んでいる。正面には同じ黒い石が張られた巨大な階段。途中《とちゅう》で湾曲《わんきょく》したそれは左右に分かれて上に続く。踊《おど》り場の壁には巨大なステンドグラスが嵌め込まれていて、そこには……。

「うわ、あれってアリョーシャ・ブルシロフスキーの作品ですよね？　美術書のモノクロ写真で見たことがあります。本物はあんなに色鮮《あざ》やかで大きいんだ……？」

オレは自分の立場も忘れて思わず言ってしまう。イワノフと名乗った執事《しつじ》は一瞬《いっしゅん》驚《おどろ》いたような顔をしてから、すぐに厳しい無表情に戻る。

「いかにも。……どうかこちらへ」

本当ならずっと眺《なが》めていたいのに、階段の手前にある扉から、中に入れられてしまう。そこには精緻《せいち》な織り模様のある絨毯が敷き詰《つ》められた広々とした廊下。両側には彫刻を施された巨大なドアが並び、高い天井から下げられたクリスタルのシャンデリアが、それらを豪華に照らしている。ドアとドアの間隔《かんかく》はとても広く、その間の壁には美しい金彩《きんだみ》の施された額が並んでいる。中にはサンクト・ロマノフ美術で有名な画家達の絵がそれぞれ入れられていて、オレは陶然としながらそこを歩く。

「すごい……まるで美術館みたい……」

オレは思わず呟いてしまい……前を歩いていた執事のイワノフさんが、ちょっと呆《あき》れたような顔をして振《ふ》り返る。

「大公殿下のご命令で警察ではなく王宮にお連れしましたが……依然《いぜん》として、あなたは窃盗《せっとう》の容疑者です。これから尋問《じんもん》が続くはず。怖《こわ》くはないのですか？」

彼の言葉に、オレは少し驚《おどろ》いてしまう。それから、

「だってオレ、何もしてません。だから怖がる必要なんか少しもないと思います」

オレが言うと彼は少し驚いたように眉《まゆ》を動かし、それから複雑な顔で前を向いてしまう。

……指輪を奪われたのは彼みたいだから、きっと怖かっただろうしショックだっただろう。

オレはちょっと気の毒になりながら、彼の小さな背中を見る。

……こんな人から何かを奪うなんて、ひどい犯人だ。早く捕《つか》まるといいのに。

執事は廊下を歩き、一つの大きな扉の前で立ち止まる。そしてノブを回し、扉を大きく押し開く。

「……うわ……」

中を見たオレは、また思わず声を上げてしまう。執事さんに呆れられないようにその先は自重するけれど……そこはうっとりするような豪奢《ごうしゃ》な部屋だった。

部屋全体は広くて細長い。床《ゆか》には純白の大理石、壁には織り模様のある金色の絹が張られ、金彩《いろど》で彩られた天井には美しいフレスコ画が描かれている。モチーフは天使や賢人《けんじん》達。サンクト・ロマノフ様式で描かれたそれは渋《しぶ》い色彩《しきさい》と、リアルな躍動《やくどう》感に溢《あふ》れている。

「……あれは、アナトリー・ゴルシコフだ。サンクト・ロマノフ教会の壁画《へきが》なら写真集で見た

けど……」

オレは思わず呟き、執事さんの視線に気づいて慌《あわ》てて口をつぐむ。

……なんて気楽なヤツだろうと思われてるだろうな。

オレは思いながら、長い部屋の向こう側に視線を移し……。

……すごい……！

部屋の奥には数段の階段と、ステージのように高くなった所がある。その頭上には金色の縁《ふち》取《ど》りのある真紅のベルベットで作られた天蓋《てんがい》があり、金色に彩られた豪奢な椅子《いす》が置かれている。座面と背もたれは漆黒《しっこく》。金色の縁取りには精緻な模様が描かれている。椅子の後ろの壁にはこの国の紋章《もんしょう》である金色の獅子《しし》のレリーフが設置されていた。オレがいる部屋の入り口から椅子までは、真紅の絨毯が真っ直《す》ぐに敷かれている。

……サンクト・ロマノフの玉座だ。ってことは、ここは元首の謁見室？

オレは思いながら、部屋の中を見渡《みわた》す。よく見ると壁際《かべぎわ》にはたくさんの白大理石で作られた彫像が飾《かざ》られている。優雅《ゆうが》なマント姿で馬に跨《また》ったものや、甲冑《かっちゅう》をまとって剣《けん》を掲《かか》げたもの、猟犬《りょうけん》を連れた狩猟《しゅりょう》姿のものもある。そしてよく見るとそれは……。

……歴史書で見た顔だ。きっと歴代のサンクト・ロマノフの元首の姿だろう。

国によっては王宮の一部を観光客に開放していたりもするけれど、このサンクト・ロマノフではそういうことは一切《いっさい》していない。だから、もしも窃盗犯と疑われなかったとしたら、一般《いっぱん》人のオレが王宮の内部に来る機会なんか一生なかったはず。

……犯人と間違《まちが》われたのは悔《くや》しいけど……。

オレはうっとりと周囲に見とれながら、ため息をつく。

……でも、こんなすごいものが見られたんだから、アンラッキーは帳消しかも……？

オレは執事に連れられて部屋の奥に向かい、窓際《まどぎわ》に置かれているソファセットの一つに座らされる。両脇《りょうわき》を警護の男が固め、執事は立ったままでオレを見下ろしてくる。

「もうすぐ、この国の元首、ミハイル・サンクト・ロマノフ大公殿下が見えられます。殿下自ら、あなたの尋問をしたいとのことです」

「サンクト・ロマノフ大公が、自ら尋問？」

その言葉に、オレはさすがにちょっと怖くなってくる。

「なんで、わざわざそんな……いや、国宝が大切なのはもちろんわかるけれど」

「あなたが盗《ぬす》んだそれは、それだけ意味のある指輪だということです。そして……」

執事はオレをギロリと睨《にら》んで、

「私が、いつ、どうやって指輪を持ち出すかは、もちろん極秘《ごくひ》にされていました。しかしその情報が外部に漏《も》れていた。私はあなたが国際的な窃盗団の一員ではないかと疑っています」

「な、なにそれ……？」

オレは急に怖くなってしまいながら言う。

「そんな組織なんか全然知らないし……！」

オレは言い、それから指輪がタバコの箱に入れられていたことを思い出す。

「もしかして、国宝をタバコの箱に入れて持っていたのは、極秘の作戦ってやつ？」

オレはちょっと信じられないような気持ちで聞いてみる。彼はうなずいて、

「もちろん、あれは作戦です。有名な宝飾品店《ほうしょくひん》では、同じ作戦を使って高価な宝石を持ち出すことがあり、それを真似《まね》た作戦でした。……私が本物の指輪を持ち出したのと同時刻に、ダミーの指輪が厳重な警備態勢の下で美術館から運び出されました。一部の報道ではニュースになっていましたし、窃盗犯ならそちらを狙《ねら》うはずだった。なのに……」

執事は悔しそうな顔で唇《くちびる》を噛《か》む。

「……ダミーの指輪は無事に王宮に到着《とうちゃく》し、本物を持っていた私が襲《おそ》われた」

「襲われたって……ただのひったくりじゃなかったんですか？ 怪我《けが》したんですか？」

オレは思わず聞いてしまい、執事に「とぼけようとしても無駄《むだ》だ」という顔で睨まれてしまう。彼は腰《こし》に手をやって、

「強い力で突《つ》き飛ばされて、尻餅《しりもち》をつきました。もともと腰痛《ようつう》持ちなのに、おかしな具合にひねったようで痛くて仕方ない」

「本当に？」

オレは反射的に立ち上がってしまい、警護の男達がすばやく身構える。彼らの手にはいつの

間にか黒光りする銃《じゅう》が握《にぎ》られていて、オレは思わず青ざめる。

「急に動いたりしてすみません。ちょっと驚いただけですから」

両手を挙げながら警護の男達に言う。それから執事に向かって、

「それなら座っていてください。立っていたらつらいでしょう？　日本にいるオレの祖父《じい》ちゃんも腰痛持ちだから、辛《つら》さはよくわかります。これが終わったら念のためお医者さんに診《み》てもらったほうがいいです。万が一ということもあるし」

思わず言うと、執事は一瞬驚いたように目を見開き、それからキッとオレを睨んで、

「そんな優《やさ》しいことを言ってごまかそうとしても無駄です。私はあなたを犯人だと思っていますから」

言うけれど、その声はさっきよりもわずかに自信を欠いているように聞こえる。

……このまま、信じてくれたらいいんだけど……。

思った時、玉座の脇《わき》にある扉《とびら》がいきなり開いた。驚いてそっちに目をやったオレは、入ってきた男を見て、そのまま思わず硬直《こうちょく》してしまう。

……うわ……。

入ってきたのは、モデル並みの長身の男だった。逞《たく》しい身体《からだ》で、ピンストライプの黒の上下を着こなしている。薄《うす》いブルーのワイシャツに、紫色《むらさきいろ》を帯びた深いブルーのネクタイ。すごく都会的でお洒落《しゃれ》な感じ。一見、ニューヨークのビジネス街を歩いている、やり手のヤングエグ

ゼクティヴみたいな印象だけど……。

……雑誌で見たことがある。彼は、この国の元首、ミハイル・サンクト・ロマノフだ。

部屋に入ってきた彼が、一瞬《いっしゅん》その場で立ち止まる。そして彼の視線が流れ、ぴたりとオレに合わされる。彼の瞳《ひとみ》は、オレが嵌《は》めてしまった指輪の中石と同じ……紫色を帯びた深いブルー。最高級のサファイヤだけが許された、コーンフラワーブルーだった。

シャンデリアの光を反射する、宝飾品みたいに豪奢な黄金の髪《かみ》。陽灼《ひや》けした滑《なめ》らかな肌《はだ》、引き締《し》まった頰《ほお》。意志の強そうな眉と、高貴な鼻梁《びりょう》。少し厚めの、男らしい唇。

そして長い睫《まつげ》毛の下からオレを見つめる、サファイヤ色の瞳。

オレが見た写真はモノクロだったし、戴冠式《たいかんしき》の様子を撮影《さつえい》したものだったから、全体像が写っていて彼自身の姿はすごく小さかった。それを見ただけで「とてもハンサムだな」とは思ったけれど、現実の彼は……。

……なんだか、神々《こうごう》しさすら感じてしまう。なんて美しい男なんだろう……？

オレは立ち上がった姿勢のまま、思わず硬直してしまう。

……これが……この国の元首……。

彼はオレを真っ直ぐに見つめたまま、真紅《しんく》の絨毯《じゅうたん》の上を歩いてくる。長い脚《あし》、長いストライ

ド。まるでパリコレのランウェイでも歩いているかのような、優雅な姿。オレはまるでショーでも見ているかのような気分で思わず見とれてしまう。

彼は真っ直ぐにオレの前に歩いてきて、頭半分以上も高いところからオレを見下ろす。

「君が、指輪を盗んだ犯人か？」

冷たい口調に、ポーッとしていたオレは一気に我に返る。

「違《ちが》う。オレ、ひったくりなんかやってない。ましてやご老人を突き飛ばしたりなんか絶対にしない」

精一杯《せいいっぱい》の強さで彼を睨み上げながら言う。

「オレ、ただの観光客だ。サンクト・ロマノフ美術館を見に来たら休館で、だから帰ろうとしてた。そうしたら後ろから変な男にぶつかられて、階段から転げ落ちた。その時、その男がサングラスとタバコの箱を落としたんだ」

彼は無表情のままオレを見つめ、それからオレの隣《となり》にいる執事《しつじ》を見下ろす。

「イワノフ、おまえの意見は？」

執事は姿勢を正して、

「私を突き飛ばしたのは、彼と同じ背格好の、黒いダウンジャケットを着た若い男でした。襟についた茶色のファーも同じです。そして私達が追いついた時には、彼が階段の下に倒《たお》れていました。サングラスとタバコの箱を持ち『妃《きさき》の指輪』を指に嵌めた状態でした。そして、周囲にほかの人影《ひとかげ》はまったくありませんでした」

「だから、その男は近くの路地に入ったんだってば！　そっちはちゃんと探してるのかよ？」

オレが思わず怒鳴《どな》ると、ミハイル・サンクト・ロマノフが厳しい顔のまま、

「国家警察と諜報《ちょうほう》部の人間達が総出で調査をしている。だが、逃げていく男の目撃《もくげき》情報の一つも出ていないようだ」

オレはその言葉に焦ってしまいながら、

「あの美術館はオフィス街の中にあっただろう？　土曜日の、しかもあんな朝早い時間には誰《だれ》も通りかからないのが普通だ。目撃者がいないんじゃなくて人自体がいなかっただけで……」

オレは言いかけて、途中《とちゅう》でやめる。深いため息をつきながら、

「いいや。何を言っても無駄みたい。それなら納得《なっとく》いくまでオレを調べるといいよ」

「もちろん、そうさせてもらう」

ミハイルがあっさりと言い、それから、

「君が無実だとわかるまで、王宮から出すわけにはいかない」

彼の唇から出た言葉に、オレは思わずため息をつく。

「わかったよ。……オレの荷物とパスポートは、ロマノフ通りの『サンクト・ロマノフ・イン』の501号室にある。勝手に入って勝手に調べればいいよ。……カードキー。ポケットから出したいんだけど？」

　オレが言うと、警護官の一人が近づいてきて、

「私がお出しします。どのポケットですか？」

「ジーンズのお尻《しり》のポケット」

　男はジーンズのポケットに手を入れ、中からカードキーを出す。ミハイルがうなずくと、彼はカードキーを持ったまま足早に部屋から出て行く。

……ああ、トランクには、梅干しだのお茶漬《ちゃづ》けの素《もと》だのが入ってる。見られるのはちょっと恥《は》ずかしいかも。

　ミハイルはオレの左手の薬指に視線を落として、

「指輪が外れなくなったのだと聞いたが？」

　執事が複雑な顔をして、

「はい。まさか、あの指輪を自分の指に嵌めてしまう男がいるなんて……」

　深いため息をつく。オレはちょっと赤くなりながら、

「これに関しては素直《すなお》に謝るよ。どうしてかわからないけど……なんだかどうしても嵌めてみたくなって……つい、指に入れちゃったんだ」

「つい、ではありません！　それはこの国に伝わる伝説の指輪なのですよ！」

　執事さんが、額に青筋を立てながらいきなり怒鳴る。

「……伝説？」

オレが聞くと、ミハイルは、

「もともと私はそんな伝説など信じていない。もしも欲しければこの青年にやってしまってもいいと思っている」

オレは、なぜだかその言葉がカチンと来てしまう。

「ちょっと待てよ！」

オレは驚《おどろ》いて言う。

「これってこの国の国宝なんだろ？　知らずに嵌めちゃったオレが言うのもナンだけど……国の宝を元首であるあなたが大事にしなくてどうすんの？」

オレの言葉に、彼は驚いた顔をする。それから、

「君は、その指輪の意味を知っているのか？」

いぶかしげに言われて、オレはかぶりを振《ふ》る。

「この国の美術品とか宝飾品《ほうしょくひん》のことは勉強してから来たはずなんだけど、こんな指輪はどの本にも載《の》ってなかった。こっちの執事さんから、国宝だとは聞いたけど……」

オレが言うと、ミハイルはその端麗《たんれい》な顔になんだか意地悪な笑《え》みを浮《う》かべる。

「それはサンクト・ロマノフ公国に代々伝わる、『妃の指輪』。大公の花嫁《はなよめ》に贈《おく》られるはずの品だ」

……『妃の指輪』……？

その言葉にオレは驚き、それから思わず自分の左手を見下ろす。

「このデザインだからもちろん男物じゃないだろうとは思ったけど……そんな意味のあるものだったなんて。じゃあ、もしかして……」

オレは目を上げて、ミハイルの顔を見上げる。

「あなたの結婚《けっこん》相手に贈るところだった？　じゃあ、オレなんかが嵌めちゃったの、そうとうヤバイことだよね。……本当にごめんなさい。なんでそんなことしちゃったのか、自分でも覚えてないんだ。いきなりぶつかられて動揺《どうよう》してたのかも」

慌《あわ》てて謝ると、ミハイルは少し驚いたように目を見開く。オレは、

「なんとか外れるように頑張《がんば》るから。でも……」

まるで誂《あつら》えたように指に嵌《はま》った指輪を見下ろしながら、ため息をつく。

「入れる時にはスポッと嵌ったんだよね。どうして外れないのか、すごく不思議だ」

ミハイルはオレを見下ろして、なぜかとても複雑な顔になる。

「何？」

オレが聞くと、彼はかぶりを振って、

「いや。ともかく、市内の宝飾品店から宝飾品に詳《くわ》しい人間を呼んである。別室でそれを外すことにしよう」

ミハイル・サンクト・ロマノフ

「やはり外れませんね」

指輪と格闘《かくとう》していたスーツ姿の男が、疲《つか》れ果てたようにため息をつく。

タックス・ヘイブンとしても知られ、富豪《ふごう》の観光客が多いサンクト・ロマノフの中心街には、世界中の一流ブランドが並ぶ通りがある。その中の有名宝飾品店から派遣《はけん》されてきた店長と副店長が、二人がかりで和馬の指から指輪を外そうとしている。

「いったい、どうしたんでしょう？」

副店長が、とても不思議そうに言う。

マカロフに付き添《そ》われて部屋に入ってきた二人は、「すぐに外して差し上げます」と自信たっぷりに言い、濃《こ》い石鹸《せっけん》水で和馬の指を濡《ぬ》らした。その滑《ぬめ》りを借りてなんとか抜《ぬ》こうとしたのだが、指輪はくるくると回るだけでまったく外れる様子がなかった。

「次の方法を試《ため》してみましょう。痛かったらおっしゃってください」

店長は言い、糸巻きに巻かれた細い絹糸を取り出す。リングの近くにそれを巻いていき、指の表面を平らにする。そしてその上に指輪を滑《すべ》らせて外そうとするが……指輪はやはり外れない。和馬の指が鬱血《うっけつ》しないようにと糸はすぐに外され、二人は途方《とほう》にくれたようにため息をつく。

「今日はもういい。また明日、来てくれないか？」

私が言うと、二人は頷《うなず》く。それから和馬を見て、

「お役に立てなくて申し訳ありません」

「きつい様子がないのに、こんなに外れないなんて」

「いえ、オレこそ、ご迷惑《めいわく》をおかけしてすみません」

和馬は言って頭を下げる。二人が部屋を出て行くと、薬指の指輪をくるくると回しながら、

「スムーズに回るのに、どうして外れないんだろう？」

本当に不思議そうな声で言う。マカロフが、

「もしかしたら伝説は正しかったのでは？　それなら抜けない理由もわかります」

その言葉に、私はドキリとする。和馬が不思議そうな顔でマカロフを見上げる。

「さっきから伝説の……って何度も聞いてるけど、どんな伝説がある指輪なの？」

和馬が言い、私と秘書の顔を見比べる。

「何？　気になるから教えてよ」

「いえ、詳しいことはミハイル様からお聞きになってください」

マカロフの言葉に、和馬は私を見上げてくる。

「差し支《つか》えなかったら聞かせてくれない？　けっこう気になるんだけど」

私はため息をつきながら、

「ただの言い伝えだ。この『妃《きさき》の指輪』は、元首の伴侶《はんりょ》を自ら選ぶ。花嫁候補がこれを順番に嵌《は》めていき、外れなくなった女性が元首の妻になる運命の相手」

言うと、彼はとても驚いたように目を見開く。

「じゃあ、オレなんかが嵌めてるのを誰かに見られたら、本当にヤバいよね！」

言って、それからとても申し訳なさそうな顔になる。

「なんか……本当にごめんなさい」

その様子は、まるでしょげて尻尾《しっぽ》を下げた子犬のようで、不思議と可愛《かわい》らしく見える。

「嵌めてしまったものは仕方がないだろう。とりあえず、無実が証明されるまではここから出すわけには行かない。……マカロフ、彼に部屋を用意してくれ。いや……」

私は少し考え、

「私の居室に連れて行ってくれ。武器は持っていないようだし、あそこなら日本語の本もあるし退屈《たいくつ》しないだろう」

「ミハイル様、それは……」

マカロフの言葉を、私は手を挙げて遮《さえぎ》る。立ち上がりながら彼を見下ろして、

「もしもこれが冤罪《えんざい》だったら国際問題になる。彼が本当に犯人だと決まるまでは、できるだけのもてなしをしなくてはいけない。……いいな？」

私の言葉にマカロフは複雑な顔をし、それから、

「かしこまりました」

やっとうなずく。私は時計を見上げ、そろそろ次の会議に向かうべき時間だと気づく。

そして部屋を出たが……和馬というその青年のことが、気になって仕方がなかった。

◆

謁見室《えっけん》に入り、和馬に漆黒《しっこく》の瞳《ひとみ》で見つめられた瞬間《しゅんかん》、私は思わず眩暈《めまい》を覚えた。彼はとても美しく、そしてとても素直《すなお》そうだった。

……あんなに真っ直《す》ぐな目をした彼が、執事のイワノフから無理やり指輪を奪《うば》った犯人とはとても思えない。

「失礼いたします」

声がして、執務室《しつむ》のドアが外側から開かれる。入ってきたマカロフは足早に執務室を横切り、書類の束を持って私の前に立つ。

「ホテルにあったパスポートを確認《かくにん》し、さらに日本大使館にも連絡《れんらく》を入れました。彼のビザは

正式なもので、入国は昨夜遅《おそ》く。サンクト・ロマノフへの入国は初めて。そしてテロリストの容疑者名簿《めいぼ》にも彼の名前はありません」

彼は言い、手元の書類に目を落として、

「彼の名前は石川和馬。二十一歳。日本の武蔵美術大学の四年生。大学の学生課に連絡を入れて在籍《ざいせき》していることを確認しました。専攻《せんこう》は油絵、卒業制作はサンクト・ロマノフ美術に関するレポートと作品。彼の言葉にはまったく嘘《うそ》はありませんでした」

私は顔を上げ、壁《かべ》にかけられた時計を見上げる。時計は夜の十時をさしている。途中《とちゅう》で執務を抜けたせいで遅くなってしまったが、あと一時間ほどで仕事は片付くだろう。

「それなら私から話そう。……そういえば、彼はきちんとランチとディナーを取っていたのか？」

「もちろんです。ランチもディナーも抜いて働く、あなたではあるまいし」

マカロフは苦笑《くしょう》し、それから、

「イワノフ氏の命令で、ランチもディナーもメインダイニングで取られたそうです。メニューは、ランチが軽いフレンチ。ディナーは王宮のシェフが腕《うで》によりをかけた、サンクト・ロマノフ料理だったようです。サンクト・ロマノフに本当に興味があるようで、とても喜んでいましたよ」

マカロフの言葉に、私は少し驚《おどろ》く。

「彼と、話をしたのか？」

「ええ。ホテルの部屋から取ってきたトランクを、先ほど部屋まで運びましたから。その時に、少しだけですが」

秘書は楽しそうに言い、それからふいに真面目《まじめ》な顔になって私を見る。

「彼はとても正直な好青年に思えます。まだ犯人が捕《つか》まっていないとはいえ、到着《とうちゃく》したばかりの彼がこの国の窃盗《せっとう》団と繋《つな》がっているともとても思えません」

「完全に疑いが晴れるのは、犯人が捕まってからだ」

私が言うと、秘書は小さくため息をつきながらうなずく。

「そうですね。……ともあれ、早く彼の容疑が晴れるといいのですが。いえ、それよりも」

秘書はかすかにおかしそうな表情を浮《う》かべて、

「彼の指から指輪を外すことが先かもしれませんが」

「そうだな。どちらにせよ、指輪の外れない彼を王宮から出すわけにはいかない。目を離《はな》すわけにもいかない。しばらくは、私の部屋で過ごしてもらうことになると思う」

マカロフはうなずき、それから、

「どんな女性も部屋に入れなかったあなたが、会ったばかりの美青年を部屋に住まわせるなんて。なんだか不思議なめぐり合わせですね」

その言葉に、私の心がなぜかざわめく。理由は……まったく解《わか》らなかったのだが。

◆

私はドアを開き、自分の専用リビングに入る。室内は、暖炉《だんろ》の中で燃える炎《ほのお》の、オレンジ色の灯《あか》りだけで照らされていて薄暗《うすぐら》い。薪《まき》がはぜるパチパチという音、そして香《こう》ばしい匂《にお》いが、薄暗い部屋の中にあたたかく充満《じゅうまん》している。

……もう、寝《ね》てしまっただろうか？

思いながら部屋に踏《ふ》み込んだところで、私はあることに気づいてその場に立ち止まる。暖炉の前に分厚く敷《し》かれた純白の毛皮。その上に悠々《ゆうゆう》と身体《からだ》を伸《の》ばした横向きの姿勢で一人の青年が眠《ねむ》っている。

……和馬……。

私は足音を忍《しの》ばせるようにして、石の床《ゆか》の上をゆっくりと歩く。そしてぐっすりと眠る和馬を見下ろす。

反り返る長い睫毛《まつげ》。暖炉のそばにいるせいで少し暑いのか、バラ色に染まった頰《ほお》。そして安らかな寝息《ねいき》を漏《も》らす唇《くちびる》。いつも強気な言葉ばかりを発していたその唇がとても柔《やわ》らかそうなことに気づいて、私はドキリとする。

……昼間見た時もとても美しい青年だと思ったが、炎に照らされた寝顔は本当に美しい。

ゆっくりと上下する肩《かた》。そろえて投げ出された両腕《りょううで》。そして指の長いとても美しい手。その左手の薬指にぴたりと嵌《はま》っている『妃の指輪』。彼の象牙《ぞうげ》のように白い肌《はだ》に、最高級のサファイヤだけが持つ美しいコーンフラワーブルーが、驚くほどに似合っている。

私は彼の身体の脇《わき》に膝《ひざ》をつき、彼を起こさないように気をつけながら、その左手をそっと持ち上げる。たとえばサイズの合わない指輪を指に無理やりに押し込んだのだとしたら、肉が盛り上がってそれらしく見えるはず。だが彼の指には余分な脂肪《しぼう》などまったくなく、直線的で先細りだ。

……なぜ、外れないのだろう？

私は指輪に触《ふ》れ、そっと外そうとしてみる。しかし指輪は彼の肌にぴたりと張り付いたかのように動かない。

……これではまるで、『伴侶《はんりょ》となるべき相手の指に嵌めたら、愛を誓《ちか》うまでは外れない』という、大公家に伝わる伝説どおりのような……。

私は思い、心の中で苦笑する。

……くだらない。そんなことがあるわけがない。

私は彼の手を毛皮の上にそっと下ろす。そして彼の肩をそっと摑《つか》んで、

「……カズマ？　寝るならベッドに行こう」

そっと揺《ゆ》すってやると、彼は小さく呻《うめ》く。

「……んん……」

その声がやけに色っぽく聞こえて、私の鼓動《こどう》がまた速くなる。起きるかと思いきや、彼はそのまままた安らかな寝息を立て始める。

……きっと、彼は疲《つか》れている。長い旅をして遠い日本から来たのに、目当てだった美術館は休館、さらに泥棒《どろぼう》と間違《まちが》われて王宮に連れてこられ、尋問《じんもん》された上に監禁《かんきん》された。彼にとってはとても不運な一日だったろう。

私は毛皮の上に胡坐《あぐら》をかき、彼の寝顔を見下ろす。

パチパチと響《ひび》く薪がはぜる音。そして部屋を満たしているのは、木が燃える香ばしい匂い。チラチラと揺れる炎が、家具や燭台《しょくだい》の影《かげ》を壁に映し出している。極寒《ごっかん》のこの国では馴染《なじ》みの光景だが、遠い国から来た彼がいるだけで、なぜかお伽噺《とぎばなし》の世界に紛《まぎ》れ込んでしまったかのように幻想《げんそう》的に見える。

……ああ、何を考えているんだ、私は……？

私はこの国の元首となるために、今まで生きてきた。幼少時にはたくさんの家庭教師に囲まれ、思春期になるとスイスの山奥にある寄宿学校に入れられ、大学時代はハーバードで過ごした。サンクト・ロマノフの次期元首として恥《は》ずかしくない行動を心がけること、そして常にトップの地位にいることは私の絶対の義務だった。

両親が事故で亡《な》くなり、この国の元首になってからは、今までに蓄《たくわ》えた知識を使ってこの国のためにすべてを捧《ささ》げてきた。私には、安らぎの時間など一秒もなかった。

……なのに……。

オレンジ色の炎に照らされた彼の寝顔を見ているだけで、凍《こお》り付いているはずの私の心がなぜかふわりとあたたかくなる。すべての人間的な感情を殺したはずの胸の奥から、不思議な気持ちが湧《わ》きあがってくる。

……私は、いったいどうしたというんだ……？

「……ん……っ」

彼がもう一度呻いて身じろぎをし、それから長い睫毛を震《ふる》わせる。

「……んん……」

彼が悩《なや》ましげなため息をついてから、瞼《まぶた》をゆっくりと開ける。焦点《しょうてん》の合わない目で、私を呆《ぼう》然《ぜん》と見上げてくる。黒曜石のような黒い瞳《ひとみ》に、ちらちらと揺れる炎が映り込んでいる。その様子は思わず見とれてしまうほど美しい。

「……あ……」

彼の唇から、かすれた声が漏れた。

「……夢……？」

「夢ではない。指輪が抜《ぬ》けないことも、王宮に拘束《こうそく》されてしまったことも、残念ながらすべて現実だよ」

私が見下ろしながら言うと、彼は瞬《まばた》きを速くする。それからふいにその頬をふわりとバラ色に染めて、

「……どうでもいいけど、黙《だま》って寝顔を見てるなんて反則だぞ」

言いながら身を起こし、照れたような顔で前髪《まえがみ》をかき上げる。

「夢と同じだから、一瞬《いっしゅん》わからなくなっちゃった。まあ、夢の中のあなたはもっと紳士《しんし》だったけど」

彼の言葉に私は少し驚《おどろ》いてしまう。

「私の夢を見ていたのか？」

「べ、別にっ！　見たくて見たわけじゃないっ！」

彼は言いながら、さらに頬を赤くする。

「さて、オレ、あっちの部屋のベッドで寝ればいいんだっけ？　もちろんここで転がって寝ろって言われたら、それでも全然……」

言いながらいきなり立ち上がろうとする。石の床の上に直《じか》に敷かれている毛皮が滑《すべ》り、彼はバランスを崩《くず》す。

「うわっ！」

転びそうになった彼の身体を、私はとっさに抱《だ》き留《と》める。彼の髪が頬をかすめ、ふわりとした香《かお》りが鼻腔《びこう》をくすぐる。爽《さわ》やかなレモンと、濃厚《のうこう》なハチミツを混ぜたような、甘く、切なく、

どこか胸が締《し》め付けられるような芳香《ほうこう》だ。

押し付けられた身体から、速い鼓動が伝わってくる。彼の体温は子供のそれのように高く、その身体はとてもしなやかだ。その感触《かんしょく》に、私は思わず陶然《とうぜん》とする。

……ああ、もっと強く抱き締めたら、彼はどういう反応を返してくれるだろう？

私の脳裏《のうり》を、不思議な感覚がよぎる。

……なんて抱《だ》き心地《ごこち》のいい身体なのだろう？　このままきつく抱き締めて、離《はな》したくないと思ってしまう。

「……あ、あの……」

彼がかすかに身じろぎをし、私はハッと我に返る。

……私はいったい、何を考えているんだ？

「ああ、すまない」

私は言って、彼の身体から手を離す。一歩後退《あとずさ》って見下ろすと、彼はその滑《なめ》らかな頬を恥ずかしげに染めていた。大きく深呼吸をしてから、ゆっくりと私を見上げてくる。

「いえ、オレの方こそ、そそっかしくて。抱き留めてくれてありがとう」

照れたような口調、やけに素直《すなお》な言葉。炎《ほのお》の発する光を反射して、その瞳がキラキラと煌《きらめ》く。

あまりの美しさに、なぜか鼓動が速くなる。

「ここで本を読んでたら、ついつい居眠《いねむ》りをしちゃって。……あっ」

彼は足元に目を落とし、開いたままになっていた本を慌《あわ》てて拾い上げる。ページを慎重《しんちょう》に点検してから、

「ページに汚《よご》れとか折り目とかはついてないね。見ながら寝ちゃったから、涎《よだれ》を垂らしてたらどうしようかと思っちゃった。汚してなくてよかった」

ホッとしたように言う。どこか人形のように端正《たんせい》な雰囲気《ふんいき》と麗《うるわ》しい顔。そのルックスと乱暴な口調との対比がやけに新鮮《しんせん》だ。

「それは？」

私は彼が大切に持っている本を見下ろしながら言う。彼が持っていたのは、美術品の写真が載《の》った豪華《ごうか》本だった。

「あなたの秘書さんが貸してくれたんだ。ここに閉じこもっていては退屈《たいくつ》でしょうって。おかげですごくためになったよ」

彼は言いながら、少し離れた場所に並んでいるソファセットのそばまで歩く。ローテーブルには美術関連の本が十冊ほど積み上がっている。その一番上に、彼はその本を大切そうに重ねる。そこにあるのはよく見るとサンクト・ロマノフにある美術品の本ばかりだ。きっと彼はソファに座って本を読むのに疲れ、暖炉《だんろ》の前に来て居眠りをしてしまったのだろう。

「サンクト・ロマノフの美術が、そんなに好きなのか？」

私が聞くと、彼は大きく頷《うなず》く。

「うん。あなたの国の美術は本当にすごい。繊細《せんさい》で、豪華で、大胆《だいたん》で」

彼は目をキラキラさせながら私を見上げてくる。

「あなたは生まれた時からこの国にいるんだよね？ってことは美術品も見放題だよね？ 本気でうらやましいよ」

そう言って笑う彼の顔は、まるで少年のように煌いている。

「私はそれほど暇《ひま》ではない。もちろん作品名や作家名など、元首としての基礎《きそ》知識程度は知っているが……それ以上の興味を持って見たことがない」

私の言葉に、彼はとても驚いたように目を見開く。

「本当に？ それってめちゃくちゃもったいないよ！……そういえば、サンクト・ロマノフの王宮の中にも美術品の所蔵庫があって、そこにあるものは門外不出なんだって聞いたけど、それって本当の話？」

彼の言葉に、私はうなずいてみせる。

「本当だ。……見たいか？ 見せてやることは可能だ」

私は思わず言ってしまい、それから自分の言葉に驚いてしまう。

……私は、何を言っているんだ？ 監禁してしまったとはいえ、彼の容疑はまだ完全に晴れたわけではない。普通なら、所蔵庫に入れることなど許可されない。

だが、私には彼が悪い人間だとはとても思えなくなっている。

「見たい！　けど……」

　彼は何かを気にするように言葉を切り、それから自分の左手を挙げて指輪を見下ろす。

「……オレって、これを盗《ぬす》んだ犯人だってまだ疑われてるんだよね？　この部屋から出るのはやばくない？」

　思っていたことを見透《みす》かされたようで、私は一瞬言葉を失う。彼は苦笑《くしょう》して、

「やっぱやばいんだろ？　それなら……」

　彼は私を真っ直《す》ぐに見上げて、

「オレのことを調べるといいよ。もしもオレの容疑が晴れたら、その時にはお詫《わ》びとして見せて欲しいな」

　彼が白い歯を見せて微笑《ほほえ》む。私はその無垢《むく》な笑《え》みに見とれ……そしてまた胸が熱く痛むのを感じる。

「わかった。君の素性《すじょう》を全力で調べさせている。同時に、君の証言にのっとって犯人も捜索《そうさく》中だ。君の容疑が晴れたら、その時はお詫びとして外国人に一切《いっさい》公開したことのないサンクト・ロマノフの美術品をすべて見せてあげよう」

　彼は驚いたように目を見開き……それから頬《ほお》を高潮させて、

「すっごい！　オレ、美大の卒業制作にサンクト・ロマノフ美術に関するレポートと、サンクト・ロマノフ様式の作品を出したんだけど……ゼミの教授にべた褒《ぼ》めされたんだよ」

和馬はとても嬉《うれ》しそうに言う。

「教授もサンクト・ロマノフ美術のマニアだったから。……その話をしたら、すっごくうらやましがるだろうなあ」

彼の口から出たほかの人間の話に、なぜか胸がチクリと痛む。

……本当に、私はどうしたというのだろう？

石川和馬

「君のための客室を用意できればよかったのだが、容疑が晴れていない、しかもその指輪が外れない状態ではそうもいかない。この部屋も、私の専用リビングだ」

彼の言葉に、オレは思わず部屋の中を見渡《みわた》す。

「そうだろうなあ。客室にしちゃ豪華すぎると思ったんだ」

この部屋の天井《てんじょう》は、二階層が吹《ふ》き抜《ぬ》けになっているくらい高い。周囲を取り囲む壁《かべ》にはシックな織り模様を浮《う》き上がらせたワイン色の絹が張られている。重厚《じゅうこう》な色の腰板《こしいた》、壁に備え付けられた巨大《きょだい》な書棚《しょだな》。そして美しい艶《つや》を持つアンティークらしい家具達。国家元首の居室に相応《ふさわ》しい、重厚で美しい部屋だ。

「ローテーブルや、書棚の縁《ふち》、それに窓枠《まどわく》にとても細かい彫刻《ちょうこく》が施《ほどこ》されてる。これもサンクト・ロマノフ様式の特徴《とくちょう》だよね。モチーフになっているのは、大自然の中でも見られるものばかりだし」

オレはうっとりと見回しながら言い、それから彼が黙《だま》ったまま扉《とびら》の前で待っているのに気づいて慌てて駆《か》け寄る。

「ごめん、オレ、サンクト・ロマノフについて語り始めると長いから。ゼミの仲間とも、よく居酒屋で朝まで語り合っちゃったなあ」

卒業までまだ数週間あるのに、なんだか懐《なつ》かしくなりながら言う。彼はその端麗《たんれい》な顔をまったくの無表情に引き締《し》めたまま、

「別に謝ることはない。私は美術に関する造詣《ぞうけい》は深くない。興味はないではないのだが」

彼は言いながら、重厚な両開きのドアをゆっくりと開く。彼は先に立って暗がりに沈《しず》んだ部屋に入り、電気のスイッチをオンにする。

「……わ……っ」

ずっと薄暗《うすぐら》い部屋にいたから、急に煌々《こうこう》と灯《とも》ったシャンデリアの灯りに、思わず目を閉じる。

……なんだか、一瞬《いっしゅん》、とんでもないものが見えたような……？

だけど……。

オレは思い、恐《おそ》る恐る目を開き……。

「……うわ……」

そしてそこに広がっていた光景に思わず息を呑《の》む。

そこは、四十畳《じょう》はありそうな広大な空間だった。リビングよりもさらに高い天井から、豪奢《ごうしゃ》なクリスタルのシャンデリアがいくつも下げられて、部屋を煌《きらめ》きながら照らしている。床《ゆか》には

美しいモザイク模様を描《えが》くいろいろな色の大理石が張られている。壁はリビングと同じワイン色の絹が張られている。王宮というと窓が小さいイメージだったけれど、ここは新しく改装を施してあるのか、窓がすごく大きい。窓の外には石で作られた半円形のベランダがあり、そこに出るためのドアが一番端《はし》にある。それ以外は枠《わく》のない巨大なガラス張りだ。

「……すご……」

オレは部屋に踏《ふ》み込み、思わず周囲を見渡しながら呟《つぶや》いてしまう。

窓に近い場所に、アンティークのソファセット。リビングは豪華《ごうか》なイメージだったけれど、ここの家具は黒のベルベットと艶のある胡桃《くるみ》材で統一されていて、落ち着いた感じだ。

部屋の真ん中には、見たこともないような大きなベッド。映画でよく見るキングサイズよりもさらに大きいだろう。四隅《よすみ》には繊細《せんさい》な彫刻が施された柱が立てられているけれど、天蓋《てんがい》は外されている。ベッドカバーだけでなくシーツや枕《まくら》カバーも黒で統一されている。そこにシックなブラウンのクッションがいくつか置かれていて、男っぽいだけでなく現代風だ。

「へえ……どこもかしこもすごい……」

オレは言いながら、思わず高い天井を見上げてみる。そして思わず息を呑む。

「……うわ……」

まるで教会みたいに高い天井はゆるいドーム形になっていて、サンクト・ロマノフの有名な画家が描いたと思われる宗教画がある。天使や伝説の神たちが、今にも動き出しそうだ。躍動《やくどう》感に溢《あふ》れる構図、人体の完璧《かんぺき》なデッサン、色味をギリギリまで抑《おさ》えたシックな画面構成、これはオレが大好きな……。

「あれって……ピョートル・コズロフスキーの絵だよね？　すごい……」

オレは天井を見上げながら、うっとりと呟く。

「あんなの見たことない。どんな美術目録《レゾネ》にも載《の》ってないはず」

オレは上を見上げたまま床の上を歩き、身体《からだ》をくるくる回してみながら、その絵を眺《なが》める。

「うん、やっぱり見たことがなくて……あっ！」

そして、近くに立っていたミハイルに思い切りぶつかってしまう。長身で逞《たくま》しい彼の身体は微動《びどう》だにせず、オレは跳《は》ね返されて尻餅《しりもち》をつきそうになる。彼が手を伸《の》ばし、オレの身体をまたしっかりと抱《だ》き留《と》めてくれる。

「……うわ……」

またこんなに接近してしまったことに、オレは思わず真っ赤になる。リビングで敷物《しきもの》に躓《つまず》いた時も、彼はこんなふうに逞しい腕《うで》で抱き留めてくれた。そして……。

……あ……。

さっき感じたのと同じ、とんでもない芳香《ほうこう》が鼻腔《びこう》をくすぐっている。最初に香《かお》ったのはサンクト・ロマノフの針葉樹林を思わせるような、爽《さわ》やかなグリーンの香り。その次に香るのは絞《しぼ》りたての野性的なレモン。そしてその後に微《かす》かに残るのは、どこか獰猛《どうもう》なムスク。

彼の高貴で端麗な容姿に相応しい、上品で、なのにふわりと理性が曇《くも》りそうなほどにセクシーな香りだ。

彼は、オレを抱き締めたままで真っ直《す》ぐに見下ろしてくる。欧米人《おうべい》だからか、それとももともと完璧な容姿を持った人独特の揺《ゆ》らがぬ自信のせいなのか……最初に会った時から、彼はこうしてオレの顔をじっと見つめてくる。

……同じ男だけど……こんな現実離《げんじつばな》れしたハンサムに見つめられると、ついついドキドキしてしまう。

彼の瞳《ひとみ》は、指輪と同じ最高級のサファイヤの色。紫色《むらさきいろ》を帯びた、深い深いブルー。オレは思わず見とれてしまい……それから抱き締められたかなり不自然な格好であることに気づく。

「……ご、ごめんなさい。つい夢中になっちゃって……」

オレが言うと、彼はオレを見下ろしたまま、

「上をずっと見上げていては首が疲《つか》れるだろう。あの絵を一番よく見られる場所がある」

言ってオレから手を離《はな》す。ホッとしたのも束《つか》の間、彼がふいに身を屈《かが》め……。

「うわ！」

脇《わき》の下に手が差し込まれ、驚《おどろ》いている間に膝《ひざ》の裏にも彼の手が差し込まれる。そして、オレの身体が、ふわりと宙に浮き上がる。

「……なっ……」

オレは驚き、そして転げ落ちないように彼の肩《かた》に慌《あわ》てて掴《つか》まる。

……これは、お姫様《ひめ》抱っこってヤツか……？

オレは思わず真っ赤になってしまいながら思う。

……オレ、男なのに……！

「な、なんで……？」

「君はとても危なっかしい。抱《だ》いて運んだ方が早い」

彼はあっさりと言い、しっかりとした歩調でベッドに近づく。そのままベッドの上に下ろされて、オレは呆然《ぼうぜん》とする。

「ベッド？」

「横になって」

彼の言葉に、オレは思わず赤くなってしまう。

「いや、その……寝《ね》る前にシャワーとか……」

「寝ろと言っているわけではない」

彼は言って身を屈め、オレの両肩を掴む。

「……えっ……？」

そのままベッドの上にゆっくりと押し倒《たお》されて、オレは呆然と彼を見上げる。

……彼はとても豊かな国の元首で、さらにとんでもないハンサム。オレが女の子だったらう

っとりしてしまいそうなシチュエーションだと思うんだけど……。

「……な、ちょっと待って！」

オレはものすごく焦《あせ》ってしまいながら、

「……オレ、そういう趣味《しゅみ》はなくて、それに心の準備が……っ」

「何を考えている？　別に襲《おそ》おうとしたわけではない」

彼は呆《あき》れたように言い、オレの上から身を起こす。そして、上を指差してみせる。オレは彼が示した方を見上げて……。

「うわ！」

ベッドの真上にあたる部分に、オレが見とれた天井画《てんじょうが》があった。彼が言ったように、このベッドに横たわると、天井画がとても綺麗《きれい》に、しかも寝転《ねころ》がった楽な姿勢で見られたんだ。

「すごーい！」

オレは興奮してしまいながら言う。

「オレ、教会とか好きで海外に行くとよく行ってたんだけど……天井画を見るたびに思ってた。『ここの床に寝転がって何時間もこれを眺めていられたらどんなに素敵《すてき》だろう』って」

オレは柔《やわ》らかな羽根布団《ぶとん》に身体を埋《うず》めながら、うっとりと言う。

「その夢が叶《かな》っちゃったかも」

オレはベッドの脇に立った彼を見上げて、

「どうもありがとう。すごく素敵です」

彼は少し驚いたように目を見開く。それから、

「疲れているのなら、バスルームに案内する。それともまだ眺めていたい？」

「あなたが先にどうぞ。オレ、もうちょっとこの幸せにひたっていたいです」

「わかった。それなら……」

彼はいきなりベッドの脇に身を屈める。

「……えっ？」

バスケットシューズの靴紐《くつひも》がスルリと解かれた感覚に、オレは思わず身を起こす。彼はベッドの脇に跪《ひざまず》き、オレの靴を脱《ぬ》がせようとしていた。

「ちょっ、待って……あなたってこの国の元首だろ？　そんなこと自分で……」

ベッドに座ったままオレは身を屈めようとし……ふと眩暈《めまい》を覚えて動きを止める。

「……う……」

目を閉じて思わず呻《うめ》くと、彼はオレの肩を抱くようにしてまたベッドの上に仰向《あおむ》けにする。

「おとなしくしていろ」

彼は言い、またオレの足元に跪く。

「いろいろあったせいで疲れているんだろう？　さっきはぐっすり眠《ねむ》っていたし、今もふらふらしている」

オレのバスケットシューズの紐が解かれ、靴が脱がされる。右、そして左。彼の腕が背中と両膝《りょうひざ》の下に差し込まれ、オレはベッドカバーの上に真っ直ぐに横たえられる。

……気を張っていたから気づかなかったけど、もしかしてオレ、本当に疲れてるのかも。

卒業が決まるギリギリまで卒業制作に追われ、ずっと寝ていない日が続いてた。なんとか審《しん》査《さ》に通って安心したけど、すぐに就職先のデザイン事務所に挨拶《あいさつ》に行ったりしてた。

「つらいのなら、そのまま眠ってしまってもいい。どうせシーツは替えるし、シャワーを浴びていなくても気にするな」

静かな声。オレはゆっくりと目を開き、どこか心配そうな顔をしている彼を見上げる。

「優《やさ》しいんだね」

思わず言ってしまうと、彼は驚いたようにチラリと目を見開き、それから、

「からかうな」

と言って、その大きな手でオレの髪《かみ》をクシャリと撫《な》でる。

「灯《あか》りを消しておくから、眠いのなら寝てしまいなさい」

その手の動きと、ぶっきらぼうだけど優しい言葉に、なぜだか胸が熱くなる。彼は手を伸ばしてベッドサイドのスイッチをいくつか操作する。シャンデリアの眩《まばゆ》い灯りが落とされ、その代わりに天井《てんじょう》近くに設置された小さなスポットライトが、天井の絵をライトアップする。

「シャワーを浴びてくる」

彼は言って踵《きびす》を返す。彼の指が触《ふ》れた額が、なぜかふわりと熱い。オレはまた陶然《とうぜん》としたまま、美しい天井画を見上げる。

……日本での日常が、なんだかものすごく遠く思える……。

オレは絵を見つめながら、深いため息をつく。

高円寺にあるアパートは六畳《じょう》一間。だけど画材がいっぱいですごく狭《せま》い。九州にいる両親にあまり負担をかけたくなかったから、アルバイトは掛《か》け持ち。週に二日、新宿御苑《しんじゅくぎょえん》の近くにある小さなデザイン事務所に行き、あとの日は居酒屋で朝まで。卒業旅行から帰ったら、卒業式までの間に宴会《えんかい》の予定が四つ。短い休みの後で、アルバイトをしてるデザイン事務所にそのまま就職する予定。美大生時代は一応モテたけど、大学の課題とアルバイトに追われて恋人《こいびと》を作る余裕《よゆう》なんかなかった。でも就職して仕事に慣れたら、恋人を作って、いつかは結婚《けっこん》する。きっと休みの日には美術館巡《めぐ》りとかして、時間があったら絵を描《か》く。それがきっと、一番の楽しみになるんだろう。

……それがオレの日常。この短い旅行が終わったら、オレはそういう生活に戻《もど》る。

オレは天井画を見上げながら思い……そしてゆっくりと部屋の中を見回してみる。

……オレの日常から、ここはものすごく遠い。もしかしたらこれは全部夢で、目を開けたらアパートの染《し》みだらけの天井が見えるかも……。

オレはギュッと目を閉じて、すぐに開いてみる。見えているのは、やっぱり美しい光景。

オレは左手を挙げて、ずしりと重い指輪を目の前にかざしてみる。

……おまえのおかげで、なんだか、すごく不思議な世界に紛《まぎ》れ込んでしまったみたいだぞ。

思いながら指輪を外そうとして……やっぱり外れないことにため息。

……開き直るしかないか。明日になればきっと状況《じょうきょう》はよくなる……と思いたい。

「……ふわあ」

部屋の中は心地《ここち》いい暗さに沈《しず》んで、思わずあくびが出てしまう。さっきまでの眠気が戻ってきたみたいで、いきなり眠さをこらえられなくなる。

……やっぱりオレ、疲《つか》れてたみたい。

オレはまたあくびをしながら思う。

慣れない海外で犯罪者扱《あつか》いされて、高価な指輪がとれなくなって、しかもそれを持ち出せないからって男と一緒《いっしょ》のベッドに寝なきゃならない。本当なら最悪の気分になってもよさそうなんだけど……。

オレは襲ってくる眠気に負けそうになりながら思う。

……なんでだろう？　あの男がいるから、怖《こわ》くないみたいだ……。

オレは思い……そしてそのまま意識を手放したんだ。

ミハイル・サンクト・ロマノフ

朝の眩い光が天窓から差し込み、彼の艶《つや》やかな髪を煌《きら》めかせている。反り返る長い睫毛《まつげ》はまだ伏《ふ》せられたまま、そして形のいい唇《くちびる》からはゆっくりとした寝息《ねいき》が漏《も》れている。

……本当に、美しい青年だ。

私はベッドの上に起き上がり、隣《となり》に眠る彼を見下ろしている。

昨夜、私がシャワーを浴びてベッドルームに戻ると、彼はベッドカバーの上に仰向けになり、安らかな寝息を立てていた。強がってはいたが、彼の顔は少し青ざめ、足元がふらついていることに私は気づいていた。ぐっすりと眠った彼を見て、私はとてもホッとした。

私はベッドカバーと布団をまくり上げ、彼の身体《からだ》を抱き上げて頭を枕《まくら》に乗せ、シーツの上に寝《ね》かせた。羽根布団《ぶとん》で身体をくるんでやってから、パジャマに着替《きが》えてその横に入った。

ほとんど見ず知らずの相手、しかも男と一緒にベッドに入るなど、今までの私では考えられなかった。それに激務で疲れすぎるせいか、私はずっと前から不眠《ふみん》気味だった。本当ならば浅い眠りと覚醒《かくせい》を繰《く》り返し、まったく眠れずに執務《しつむ》室に戻ることも多かったにもかかわらず……

昨夜は夢も見ずにぐっすりと眠ってしまった。同じ羽根布団の下、彼の少年のようにあたたかな体温を感じ、静かな寝息を聴《き》いているだけで、私は不思議なほど安らかな気持ちになれた。そして気絶するようにして深い眠りに落ちたのだ。

……こんなに爽《さわ》やかに目を覚ましたのは、とても久しぶりな気がする。

窓の外に広がっているのは、サンクト・ロマノフの美しい針葉樹林。その向こうに白く聳《そび》え立つのは、ロマノフ山脈。標高五千メートル以上の険しい山々が連なっている。まだ春も浅いこの季節、山々はその身体のほとんどを雪で彩《いろど》り、純白の優美な姿を見せている。山脈の中でも最高峰《さいこうほう》であるガラー・ロマノフの麓《ふもと》に、サンクト・ロマノフ家が所有する別荘《べっそう》がある。ふいにそこから見る風景を思い出して、懐《なつ》かしくなる。

……あの別荘では、いつもこんなふうに気持ちよく目を覚ましたものだ。

「……ん……」

仰向けに寝ていた彼が、小さく呻いて自分の身体を抱《だ》き締《し》める。私が起き上がっているせいで布団がまくれて寒くなってしまったのだろう。私は時計を確認《かくにん》し、まだ起きるべき時間まで少しだけ余裕があることを確認する。

「……寒いのか？　悪かったな」

囁《ささや》いて、彼の隣にまた横たわる。

「……ん……っ」

彼が呻き、ふいにこちら側に寝返りを打つ。そして私の肩《かた》にまるで猫《ねこ》のように頰《ほお》を擦《す》り付けてくる。シルクのパジャマ越《ご》しのあたたかな体温。私は鼓動《こどう》が速くなるのを感じてしまう。

彼は小さく何かを呟《つぶや》き、さらにぴったりと私に身体を寄せてくる。寝ぼけたように言われた言葉は日本語だったが、各国語の家庭教師をつけられていたおかげで、私は日本語もネイティブに近いくらい聞き取ることができる。彼は「寒い」と呟いていた。

「寒いのか？　仕方がないな」

私は彼の首の下に手を差し入れ、その肩を抱き寄せてやる。

「……ふう……」

私の肩に頰を埋《うず》め、彼は満足げにため息をつく。間近にある見とれるような美しい顔。唇に浮《う》かぶ微《かす》かな笑《え》み。抱き寄せた身体はとてもしなやかで、女性とはまったく違《ちが》うが、同じ男とも思えない。すぐに威嚇《いかく》してくるが本当は弱い、ほっそりと美しい猫科の動物のようだ。

彼のあたたかな息が、私の首筋をくすぐっている。私の心が、憐憫《れんびん》に似た不思議な感情に支配されそうになる。

……ああ、どうしたというんだ……？

私は思い、ため息をつく。

……彼と一緒にいるだけで、どこかがおかしくなりそうだ……。

石川和馬

「……うう、ん……」

眩い日差しが、瞼《まぶた》をあたためている。オレは小さく呻《うめ》きながら、深い眠《ねむ》りからゆっくりと覚醒する。

……ああ、よく寝た……。

オレは満足のため息をつきながら思う。

……しかも、なんだか今朝はすごくあったかい……。

入学した時に親が買ってくれた布団は、大学四年のうちにすっかりへたってしまった。しかも家賃が安いことを条件に探した西向きのアパートだから、昼間の日当たりはすこぶる悪い。夕方の一時は西日が眩《まぶ》しいほど差し込んでくるくせに、朝はどんよりと暗いんだ。

……なのに、なんでこんなに眩しいんだ……？

オレは目を擦《こす》りながら思う。

……オレ、また大学のアトリエで寝ちゃったんだろうか。

卒業制作が佳境《かきょう》に入ると、生徒は家に帰る時間すらなくなった。オレ達はアトリエに寝袋《ねぶくろ》や毛布を持ち込み、制作に疲れると机の下の暗がりに潜《もぐ》り込んでは仮眠《かみん》をして……。

……いや、アトリエも、こんなに日が差し込むことなんかなかったぞ。

オレは寝ぼけた頭で思う。

アトリエというのは、一日中光が安定する北向きの部屋に作られる。日中と夕方とで光の量や向きが変わってしまっては、静物や人物のデッサンができないからだ。

……じゃあ、ここ、どこなんだ……？

オレは、少し硬《かた》めのとても寝心地《ねごこち》のいいベッドに横たわっているみたい。身体をあたたかな布団が覆《おお》い、さらに……。

「……え……？」

……誰《だれ》かが、オレを抱き締めてくれてる……？

そう思ったら、昨夜見ていた夢が脳裏《のうり》に蘇《よみがえ》ってくる。美術館を見に行ったら窃盗《せっとう》犯と間違《まちが》えられて、さらに指輪が外れなくなって、王宮に連れて行かれた。そこにはものすごいハンサムな元首がいて、どうやら花嫁《はなよめ》を探しているところみたいで……。

……『妃《きさき》の指輪』とか言ってたな。本当に現実味のない夢だった。あんな乙女《おとめ》が思い描《えが》く玉の輿《こし》の夢みたいなこと、現実にあるわけがないし……。

オレは思い、それからギクリとする。

アクセサリーを一切《いっさい》つけないオレの左手の薬指に、何かが嵌《はま》っている。ずしりと重いそれは、夢で見たのと同じ感触《かんしょく》。右手でそっと触《ふ》れてみると、大きな中石と、その脇《わき》に留められた小さな石の感触。夢で見たのと同じデザインで……。

……もしかして、夢……じゃない……？

オレは思い、恐《おそ》る恐る目を開いて……。

……うっ……！

間近にオレを見つめていたのは、夢で見たとおりの麗《うるわ》しい男。最高級のサファイヤ色の瞳《ひとみ》が、オレを真っ直《す》ぐに見つめている。形のいい額に落ちかかる前髪《まえがみ》が、やけにセクシーだ。

「おはよう。よく眠れたか？」

彼の男らしい唇《くちびる》が動いて、まるでバリトン歌手のようなうっとりするほどの美声を漏《も》らす。

それは身体から直《じか》に伝わってきて……。

……直に……？

オレは思いながら目を見開き……そして自分が彼に腕枕《うでまくら》をされ、抱きつくような格好で横たわっていたことに気づく。

「……うわ、ごめんなさいっ！　何やってるんだろう、オレ？」

オレは叫《さけ》び、慌《あわ》てて身体をずらして彼から離《はな》れる。そして昨夜ベッドカバーの上に仰向《あおむ》けになり、そのまま寝てしまったことを思い出す。

「しかも布団に入ってる！　シャワーを浴びてないんだから、ベッドカバーの上に放置しておいてくれてよかったのに！」

オレは言いながら、じわじわと彼から離れる。なぜかというと……男の大半はこうなると思うんだけど……脚《あし》の間の部分が、反り返るほど硬くなってしまってて……。

……オレ、彼に身体をぴったり付けるようにして寝てた。まさか、朝勃《あさだ》ちしてたこと、バレてないだろうな？

思いながら彼の顔を見つめるけれど……その美貌《びぼう》は完璧《かんぺき》な無表情でまったく読み取れない。

「あの……シャワー借りていいかな？　あのドア？」

オレは、昨夜彼が入っていったドアを示しながら言う。彼はうなずいて、

「シャワーはコックをひねれば適温の湯が出るようになっている。もしもジャグジーが使いたいようなら、すぐに準備するが？」

「い、いいよ。とりあえず汗《あせ》を流せれば。……じゃあ、シャワー、借りるね！」

オレは言って、ベッドから下りる。彼に気づかれないようにシャツを引き下ろし、慌ててバスルームのドアに向かって走る。そしてドアを開き、中の豪華《ごうか》さに一瞬《いっしゅん》驚《おどろ》いて立ちすくむ。

脱衣室《だつい》だけでオレのアパートの部屋がすっぽりと入りそう。部屋の壁際《かべぎわ》には洗面ボウルが二つ並ぶ大きな白大理石で造られた洗面台がある。四角い籐《とう》の籠《かご》の中にはきちんと畳《たた》まれたバスローブとパジャマが入っていて、オレのために昨夜準備しておいてくれたんだと解《わか》る。

……なのにオレ、いきなり寝《ね》ちゃうなんて……。

昨夜いた専用リビングにはトイレと小さな洗面室が備え付けられていて、暖炉《だんろ》の前で居眠《いねむ》りをする前に、いつも持っている電動歯ブラシで歯は磨《みが》いてあった。だけど、身体《からだ》は埃《ほこり》だらけだったはずで……。

……濡《ぬ》れ衣《ぎぬ》を着せられ、監禁《かんきん》されてるんだから、怒《おこ》ってもいいはず。なのにミハイルが仏頂面《ぶっちょうづら》の割りに優《やさ》しいから、なんだか、めちゃくちゃ申し訳ない気持ちになってくる。

……ともかく、シャワーを浴びよう。話はそれからだ。

オレは思いながらシャツとジーンズを脱《ぬ》ぐ。そして下着を脱ごうとして……ゴムの部分に屹《きっ》立《りつ》が引っかかっていることに気づく。無理やり下着を下ろすと、屹立はプルンと震《ふる》えて空気の中に弾《はじ》け出る。

……うわ、本当に硬くなってる……。

オレは自分の屹立を見下ろしながら、思わず真っ赤になる。

……しかも、先っぽ、濡れてるし……！

眠りがよほどよかったのか、それとも人肌《ひとはだ》のあたたかさに反応したのか……オレの屹立はいつもよりもさらにきつく反り返り、それだけでなく先端《せんたん》のスリットから透明《とうめい》な先走りをたっぷりと垂らしていて……。

……ああ、もう、最悪だ……。

オレは思いながら下着を脱ぎ捨て、靴下《くつした》も脱いで脱衣室の床《ゆか》の上を裸足《はだし》で歩く。そして奥に向かう曇《くも》りガラスのドアを押し開ける。中は脱衣室よりもさらに広い空間だった。純白の大理石が張られた床、突《つ》き当たりには大きな窓があり、美しい針葉樹林と白い山々を見渡《みわた》すことができる。

「……綺麗《きれい》……！」

オレはうっとりと外の景色に見とれ、それから、ガラスで仕切られたシャワーブースに入る。コックをひねってお湯を出し、頭からシャワーを浴びる。

備え付けられていたシャンプーやボディーシャンプーは、オーダーメイドみたいな雰囲気《ふんいき》。ガラスの瓶《びん》に入れられたそれには、手書きのラベルがつけられている。

オレは緊張《きんちょう》しながらシャンプーを手のひらに出し、それで髪《かみ》を洗う。

……あ……この香《かお》り……。

ミハイルに近づくと、いつもなんともいえない芳《かんば》しい香りがする。シャンプーは、彼のその香りと同じだったんだ。あの男がジャグジーでくつろいでいるところをふと想像してしまう。パジャマに包まれた彼の身体は、とても逞《たくま》しかった。きっと脱いだらすごく美しい身体をしてるに違《ちが》いない。

……なんで男の裸《はだか》を想像しただけでドキドキしてるんだ？　なんだかオレ、ここに来てからちょっと変かもしれない。

ミハイル・サンクト・ロマノフ

「すごい。これってサンクト・ロマノフ式の朝食？」

和馬がテーブルの上を見渡しながら、驚いたように言う。

次の朝。私達は家族用のダイニングにいた。ここは庭に突き出した六角形の部屋で、城に接した面以外はサンルームのようなガラス張りになっている。

和馬は広がる芝生の庭とその向こうの噴水、そしてさらに向こうに広がるロマノフ山脈の偉容に圧倒され、そしてとても感動したように「なんて綺麗なんだろう」と言った。愛する祖国を彼が気に入ってくれた様子で、私はホッとした。

……まあ、監禁されているような状態なので、心底くつろいでくれているわけではないかもしれないのだが。

白いテーブルクロスのかかった丸テーブルの上には、宮殿お抱えのシェフ達が腕を振るった料理が並んでいる。

もともとサンクト・ロマノフは食事の仕方が英国に少し似ていて、お茶の時間を楽しみ、その分夕食は軽い。そして一日の活力源となる朝食をたっぷりと取る。私は思春期をスイスの寄宿学校で過ごし、その後はアメリカのハーバード大学へ留学していたので、朝はコーヒーとパンと軽いフルーツというコンチネンタルスタイルに慣れている。だが、今朝は和馬がとてもお腹を空かせている様子だったし、きっと興味もあるだろうと思い、シェフに命じて伝統的なサンクト・ロマノフ風の料理を用意させた。

ワゴンを押してきたウエイター達が、テーブルの上にさらにたくさんの皿を並べていく。頃合いを見計らって入ってきた料理長が、和馬に挨拶をする。

「この宮殿の厨房を取り仕切っております、プーシキンと申します」

「カズマ・イシカワと言います。すごい料理ですね。美味しそう」

和馬の言葉に、料理長は相好を崩す。彼はこの国で一番のシェフだと言われているが、普段食事をするのが無愛想な私、そしておしゃべりに夢中のパーティー客がほとんどなので、きっと物足りなく感じていたのだろう。とても嬉しそうな声で説明を始める。

「こちらが『ピローグ』。サーモン入りのクリーミーな具を包んだパイです。そしてこちらが『ウハー』。たくさんの野菜と川魚を煮込んだスープです。そしてこちらが『ヴィニグレート』。ビーツやキノコ、豆などを加えた伝統的なサラダ。こちらの黒パンもサンクト・ロマノフでよく食べられているもので、たくさんの穀物が入った健康的なものです」

「へえ。いい香り。ガイドブックに『サンクト・ロマノフに行ったら伝統的な朝食を』って書いてあったけど、本当にそんな感じ」

「どうぞ、熱いうちに召し上がってください」

料理長の言葉に、和馬が私に目を移す。

「いただこうか」

私がカトラリーを取ると、彼はうなずいて、

「いただきます！」

元気に言い、若者らしい食欲で料理を食べ始める。

「うわ、美味しい！　これも美味しいよ！　野菜がたくさん入ってて、身体にもよさそう！」

彼はとても美味しそうに食事をし、見ている方が楽しくなる。食べる速度は速いが、ご両親からいい教育を受けてきた証拠に、カトラリーを扱う様子は慣れていて、とても上品だ。

まるで子供のような無邪気な様子に、ダイニングに待機しているメイドやウエイター達までが目を細めている。和馬のことをまだ盗難犯かもしれないと主張しているイワノフだけが、強情を張ったようにそっぽを向いているが……和馬がそんなことをするような人間ではないと薄々感じているのか、最初よりもかなり態度は軟化している。

……イワノフは人生のすべてをサンクト・ロマノフ公家のために捧げてきてくれた人間。『妃《きさき》の指輪』の伝説を心から信じ、今は私の伴侶探しにすべてを賭けている。いきなり現れ、大切な指輪を着けてしまった和馬に素直になれないのも無理はないかもしれない。

……ともかく、これで真犯人さえ捕まれば、イワノフが抱いている疑いも晴れる。

このサンクト・ロマノフの国家警察、そして諜報部は、ほかの大国に負けないくらい優秀だ。しかもどちらのトップにも直接電話をかけ、国際問題に発展するかもしれないと発破をかけておいた。そろそろ、その結果が出る頃だと思う。

「はあ、おなかいっぱい」

四十分ほどかけて、私と和馬はたっぷりの朝食を食べ終えた。食後に運ばれてきたのは、サンクト・ロマノフ風の紅茶。濃く淹《い》れた紅茶に甘さを控えめにして作られたラズベリーのジャムを入れたもの。私は甘い物はすべて苦手だが、この紅茶だけは子供の頃から愛飲している。

「サンクト・ロマノフ風の紅茶、すごく美味しい。カップも綺麗だね」

白地に鮮やかな青と金彩《きんだみ》を使って繊細な花や鳥を描いたそれは、サンクト・ロマノフの伝統的な焼き物の一種だ。

「これは『モローゾフ陶器』と言って、サンクト・ロマノフの伝統的な……」

私が言いかけた時、ダイニングのドアに慌ただしいノックの音が響いた。

「お食事中失礼いたします、マカロフです！」

秘書のマカロフの声に、イワノフが「なんでしょう、騒々しい」と眉を顰める。

「開けてやってくれ」

私が言うと、イワノフは渋々といった顔でドアに向かって歩き、ドアを開く。

「マカロフさん、ミハイル様はお食事中で……」

イワノフの小言を、私は手を挙げて止める。マカロフは走ってきたようで息を切らしていて、顔つきは明るい。これはきっといい知らせだろう。

「マカロフ、かまわない。報告を」

私が言うと、マカロフは満面の笑《え》みを浮かべて言う。

「ミハイル様、犯人がついに捕まりました!」

和馬が紅茶のカップを置いて立ち上がる。

「それって、指輪を盗《ぬす》んだ窃盗犯のこと?」

「そうです。国際的な宝石窃盗グループの一員で、目撃《もくげき》者が少なかったのは、あの美術館のすぐ近くにアジトを持っていたからでした」

彼は興奮したように一気に言い、それから嬉しそうに満面の笑みを浮《う》かべる。

「あなたの容疑は晴れました。おめでとうございます、カズマ様」

和馬は呆然《ぼうぜん》とした顔でその言葉を聞き、それからホッとしたような深いため息と共に、椅子《いす》にへたり込む。

「……よかったあ〜……」

マカロフは私のところに歩み寄ってきて、私に書類の挟《はさ》まったファイルを渡《わた》す。

「お食事中失礼しました。でも、早い方がいいかとも思いましたので……」

「ああ。一刻も早く聞けてよかった」

私はホッとした様子の和馬を見ながら言う。それからふとあることを思い出す。

……和馬に美術品を見せる約束をしていた。

「今日、どこか予定をずらせる時間帯はないか？　一、二時間でいい」

「少々お待ちください」

秘書はいつも欠かさず持っている分厚いスケジュール帳を開き、びっしりと書き込まれている分刻みの私の予定表に目を落とす。

「アメリカエネルギー省の長官との懇談《こんだん》もずらすことはできませんし、フランスの農林大臣とのディナーも延期は無理です。あとはサンクト・ロマノフ議会での定例会議と、サンクト・ロマノフ科学技術センターへの視察も欠席することは避《さ》けたいですし……ううん……」

彼は呟《つぶや》いてから困ったように呻《うめ》く。それから、

「でしたら、午前の時間帯に行われる予定の定例会議を明後日《あさって》にずらしてはいかがでしょう？これなら延期は可能ですし」

「では、頼《たの》む」

秘書はうなずいてスケジュール帳に書き込みをし、それから私を見下ろしてくる。

「それで？　その空いた時間に何をなさるおつもりですか？　外出なさって警護が必要な場合は、リムジンとセダン、それに警備要員を今すぐに手配しますが」

「王宮の地下にある美術倉庫に行く」

私の言葉に、食事をしていた和馬、そして近くにいた執事《しつじ》が、驚《おどろ》いたように手を止めて私に注目する。

「美術倉庫……でございますか？」

執事の言葉に私は頷《うなず》いてみせる。

「もしも容疑が晴れたら、お詫《わ》びとして地下の美術倉庫に連れて行くと約束した。約束は果たさなくてはいけない」

執事はとても心配そうな顔をするが、何も言わずに頭を下げて部屋を出て行く。

「もしかして、やっぱりやばいんじゃ？　無理にとは言わないよ？」

和馬が少し怯《おび》えたように言う。

「心配しなくていい。私は元首だ。一度した約束は、きちんと果たさなくてはいけない」

しばらくして、執事が部屋に戻《もど》ってきた。彼の手にはキーリングがあり、そこには古びた真鍮《しんちゅう》製の鍵《かぎ》が数本通されている。

「美術倉庫の鍵をお渡しいたします。ですが、あの扉《とびら》を開く場合はサンクト・ロマノフ美術大学のアダモフ博士をお呼びして同行していただくのが決まりです。彼があの美術倉庫の保管主任ですから。……電話をしてみましたが、本日は午後まで講義がないので一時間ほどで王宮までいらっしゃれるとのことでしたが」

「アダモフ博士をお呼びしてくれ。一時間後でいい」

執事は頷き、そのままダイニングを出て行く。

「アダモフ博士って……ツェーザリ・ボリスヴィチ・アダモフ博士のこと？」

和馬の口から出たアダモフ博士のフルネームに、私は少し驚く。

「彼は日本でもそれほど有名なのか？」

「もちろん興味のある人は知っているよ。それにオレ、卒業制作はサンクト・ロマノフ美術だったから、参考のためにアダモフ博士の著書はすべて読んだ。彼はサンクト・ロマノフ美術史研究の第一人者だけど、日本語訳されてるものがほとんどなくて、読むのはすごく大変だった。……まあ、ついでにサンクト・ロマノフ語の勉強もできて一石二鳥だったけれど」

和馬はあっさりと言う。私はさらに驚きながら、

「アダモフ博士の著書は、私の書斎《しょさい》にすべて揃《そろ》っている。だが、入門書から専門書まで、彼の著作は六十冊にもわたっている。それをすべて読んだ？」

「うん。まあ、サンクト・ロマノフ美術が本当に好きだから、興味深く読めたんだと思うけれど。それにサンクト・ロマノフの研究書はたくさん出ているけれど、やっぱりこの国で生まれ育って幼い頃《ころ》からサンクト・ロマノフ美術に触《ふ》れ、それを愛してきた博士の著書を読まなくちゃ始まらないと思った」

彼はあっさりと言って、無邪気《むじゃき》に笑う。

欧米人《おうべい》であるサンクト・ロマノフの人間から見れば、東洋人の彼はまるで高校生のように幼く見える。しかしその見かけによらない教養の深さに、私は感心する。

「博士がいらしたら紹介《しょうかい》しよう。直接話せるいい機会だろう」

私は言い、彼の人並みはずれた偏屈《へんくつ》さを思い出して内心ため息をつく。

「少々個性的な人物なので、そのへんは覚悟《かくご》しておいてもらえると嬉しいが」

石川和馬

「著書の著者近影《きんえい》で、ものすごく小さい写真を見たことあるけど……本人はどういう人なんだろう？　ちょっと緊張する」

オレとミハイルは、メインダイニングの隣《となり》にある喫煙室《きつえん》に移動していた。喫煙室は不思議な八角形をした部屋で、壁《かべ》という壁に精緻《せいち》な彫刻《ちょうこく》が施《ほどこ》され、天井《てんじょう》には金彩《きんだみ》で飾《かざ》られた宗教画が描《えが》かれている。壁際《かべぎわ》にくつろげるベンチがしつらえられていて、男性客が噂話《うわさばなし》に花を咲《さ》かせるのにはうってつけかもしれない。一応灰皿は置いてあるけれど、ミハイルは煙草《たばこ》を吸わないみたい。執事が運んできたエスプレッソを飲んでいる。苦いのが苦手なオレはたっぷりのミルクにエスプレッソを垂らしたラッテ・マッキャート。農業も盛んな国だけあって、エスプレッソはもちろんだけど、ミルクがまたものすごく美味《おい》しい。

「サンクト・ロマノフ美術の第一人者であることは間違《まちが》いないよ」

ミハイルが言った時、扉の向こうで誰《だれ》かが何かを大声で言っている声が聞こえた。驚いている間にそれは近づいてきて、いきなり喫煙室のドアが乱暴に開かれる。

酒焼けした顔、もじゃもじゃの白髪頭《しらがあたま》、時代遅《じだいおく》れのツイードのスーツに包まれた大柄《おおがら》な身体《からだ》。太い指に挟まれた太い葉巻。美味しそうに吸うと、盛大に煙《けむり》を吹《ふ》き出す。

……すごい迫力《はくりょく》……。

古い専門書に載《の》っていたプロフィール写真は本当に小さくてよく解《わか》らなかったけど……。

……本当に個性的だ。ファンタジー映画に出てくるトロルみたいな……。

オレは思ってしまってから、慌《あわ》てて、

……いや、そんなことを思ったら失礼だ。あの素晴《すば》らしい著作を書いたのは、間違いなくこの人。いくら見た目がちょっと怖《こわ》そうでも、教養に溢《あふ》れる素晴らしい人のはず。

「おはようございます、アダモフ博士。わざわざのご足労、ありがとうございます」

ミハイルが立ち上がって、丁寧《ていねい》な口調で言う。オレは慌てて、彼に倣《なら》って立ち上がる。

「事情は執事殿《しつじどの》から聞いたよ、大公殿下」

彼は怒鳴《どな》り、ついてきた使用人の手の中の灰皿で葉巻を乱暴に押しつぶす。まるで怒鳴るような大声。オレは思わず耳をふさぎそうになる。

「急にお呼び立てして申し訳ありません、アダモフ博士」

「今日は珍《めずら》しく時間が空いていました。これも神の思《おぼ》し召《め》しでしょう」

彼はミハイルの言葉に怒鳴るような大声で言い返し、それからオレに視線を向ける。ぎょろりとした大きな目で見つめられて、オレは後退《あとずさ》りたいのを必死で抑《おさ》えながら、

「は、初めまして。日本から来たカズマ・イシカワと申します。東京にある武蔵美術大学油絵科の四年生で、もうすぐ卒業式の予定です」

「ほお〜」

彼はまるで珍獣《ちんじゅう》でも見るかのような興味深げな顔で、オレの頭の上から足の先までをジロジロと眺《なが》め回す。彼の視線が、オレの左手の薬指でぴたりと止まる。

「なるほどね。彼がサンクト・ロマノフ史上初の、男性の花嫁《はなよめ》ですか。たしかに綺麗《きれい》な顔をしている。大公殿下もお目が高い」

彼の言葉に、オレは度肝《どぎも》を抜かれてしまう。

「いえ、違《ちが》うんです、もしかしたらこれのことかもしれませんけど……」

オレは慌てて左手を挙げて見せながら、

「これ、オレがたまたま嵌《は》めてしまって、そのまま抜けなくなっただけなんです。だから伝説とは全然関係なくて、たんなる偶然《ぐうぜん》なんです」

「いやいや」

アダモフ博士はもじゃもじゃの頭を揺《ゆ》らしながらかぶりを振《ふ》って、

「例外はあり得んよ。私の一族は長いことサンクト・ロマノフ王宮とその美術品にかかわってきた。先祖代々の日記が残されているし、そこには指輪の由来も明記されている。それが外れなくなった女性は、さまざまな紆余曲折《うよきょくせつ》をへたとしても、必ず大公の妃《きさき》になっている。だから君がそれを嵌めてしまったのは偶然ではなく必然……いや、運命なんだよ」

彼は言い、自分の説に満足したようにうんうんとうなずく。オレは思わず後ろにいるミハイルを振り返る。彼は無表情のままだったけど……ちょっとだけ怒《おこ》っているようにも見える。

……世界中の美女を選び放題のハンサムな元首。その彼が、オレみたいな通りすがりの旅行者——しかも男——を花嫁候補だなんて言われたらムッとするに決まってる。

「アダモフ博士」

黙《だま》って聞いていたミハイルが、穏《おだ》やかな声で彼に言う。

「運命の話はまたの機会にお聞きするとして……とりあえず、地下の美術倉庫に行きませんか？ 午後の講義に差し支《つか》えては大変です」

「おお、そうだった、そうだった」

アダモフ博士はうなずき、ミハイルの手から美術倉庫の鍵《かぎ》を受け取る。オレを振り返って、

「それならついてきなさい。君にどの程度の知識があるのか知らないが、まあ、美しいことだけは保証するよ」

彼はオレ達の前に立って廊下《ろうか》をどんどん歩きだす。脚《あし》の長いミハイルはともかく、オレは小走りでついていかなくてはいけなかった。

彼は城のかなり奥の方まで歩き、持っていた鍵を使って、一つのドアを開く。ほかの部屋のドアに比べて、彫刻もないし質素なドアだ。

だけど、部屋に入ってオレは思わず息を呑《の》んだ。その部屋は畳《たたみ》に換算《かんさん》すると十畳《じょう》くらい。広大な部屋ばかりのこの城の中では破格に小さな部屋といえるだろう。だけど内装はとても豪華《ごうか》で、すごく不思議な感じだ。

「ここが地下倉庫への入り口になる。普通《ふつう》なら入れない場所なので、心してついて来てくれよ？」

アダモフ博士が言いながら、部屋の隅《すみ》にある鉄製のドアの鍵穴に鍵の一つを差し込む。それで開くのかと思いきや、そうではなく、扉《とびら》の一部に小さなスリットが開く。彼はそこにすばやく何かを打ち込んでいる。さらに指紋《しもん》と網膜《もうまく》の認証《にんしょう》があり、やっと扉が開く。古めかしく見えるけれど、どうやら最新式の警備が施されているみたいだ。

ミハイルが手伝って、とても重そうな扉が開かれる。扉の厚さが二十センチくらいあることに、オレはちょっと驚《おどろ》いてしまう。

……まるで銀行の地下金庫みたい。

そこから下に向かう階段が続いていて、オレとミハイルは博士に続いて下に下りる。その下はまるでワインセラーみたいな雰囲気《ふんいき》の天井の低い部屋。はるか遠くまで続いていることに、オレは驚いてしまう。ワイン棚《だな》の代わりに、金属製のロッカーのようなものが置かれている。湿度《しつど》と気温はきちんと調整されているみたいで、空気はカラリとしている。

「それじゃあ、まずは有名なところから」

博士が言いながら鍵を使い、引き出し状になったロッカーの一つを開ける。

「うわあ！　これ、ボリス・ルバチャコフですよね？」

中には、サンクト・ロマノフ美術の有名な画家の油絵が入っていた。キャンバスの上をガラスが覆《おお》っていて、その中はさらに厳重に湿度管理がされているんだろう。

……すごい、本当に夢みたい……！

ミハイル・サンクト・ロマノフ

……彼が、サンクト・ロマノフ美術が好きだと言ったのは、本物なのだろうな。

執務室《しつむ》に戻《もど》った私は、窓の外を見ながら思う。

美術大学を卒業間近とはいえ、あの年齢《ねんれい》の若者にサンクト・ロマノフ美術を理解できるとも、それほどの知識があるとも思えなかった。

しかし和馬はアダモフ博士が作品を見せるたびに歓声《かんせい》を上げ、その作者が誰《だれ》かを的確に言い当てた。アダモフ博士がいつもの意地悪心を出してわざと間違《まちが》った作者名を言った時にはさりげなく訂正《ていせい》したほどだ。

もしもそれらの写真が公表されているのだとしたら、言い当てるのはそれほど難しくはないだろう。だが、あの倉庫に保管してあるほぼすべてのものは写真撮影《さつえい》どころか一般《いっぱん》公開さえされていない。和馬はそのタッチや構図だけで、すべての作者を言い当てたのだ。

アダモフ博士は和馬のことがいたく気に入ったようで、自分が教授を務めるサンクト・ロマノフ美術大学への留学をしきりと奨《すす》めるほどだった。和馬はとても嬉《うれ》しそうにそれを聞き、

「留学資金がないですから」と残念そうにしていたが。なんにせよ、あの個性的なアダモフ博士とこれほどすぐに親しくなった相手を見たことがなかった。

……和馬は見掛《みか》けが美しいだけでなく、不思議な雰囲気がある。あたたかく包み込んで、相手の緊張《きんちょう》を解してしまうような。

私は彼の麗《うるわ》しい顔を思い出し、なぜか鼓動《こどう》が速くなるのを感じる。

……そのせいだろうか、彼に会ってから、私はどこかがおかしくなってしまっている気がしている。

アダモフ博士はオレに美術品を見せてくれた後、講義をするために帰っていった。だけど二時間ほどで「講義が終わった」と言いながら戻ってきて、オレにサンクト・ロマノフ美術に関する講義を何時間もしてくれた。オレは有名なアダモフ博士の講義をタダで聴《き》けてしまったことに感激し、そしてそんな機会を与《あた》えてくれたミハイルにとても感謝した。

そしてその夜、別の宝飾品《ほうしょくひん》店の店長と副店長がやってきて、あらゆる方法を試《ため》した。だけどオレの薬指に嵌《はま》った指輪はまったく外れなかった。

「容疑は晴れたのだから、本当ならホテルに帰してあげたいところだが……」

ミハイルが言い、オレの左手の指輪に視線を落とす。オレは苦笑《くしょう》しながら、

「たしかにこんな高価なものをつけたままじゃ、外を歩くことはできないもんね」

「もしも外に行くのだとしたら、厳重な警護をつける。だが、一人にすることはできない」

彼の言葉にオレは頷《うなず》いて、

「うん。とりあえず、美術倉庫も見せてもらったし、アダモフ博士の講義も受けられたし、ラ

イブラリーやあなたのリビングにある本もすごく興味深いから、退屈《たいくつ》はしてない。本当はもっと観光したいところなんだけど」

オレは言って、ため息をつき……それから重要なことを思い出す。

「そうだ、オレ、五日後の飛行機で日本に帰らなきゃいけないんだ。それまでに指輪が外れなかったら、いったいどうすればいいんだろう？」

「もちろん、帰すわけにはいかない。一生、この国で暮らせばいい」

ミハイルの言葉に、オレは真っ青になってしまう。

「そんなこと無理だってば！　オレ、もうデザイン事務所への就職が決まってるし……！」

オレが言うと、彼は平然と、

「美術関係の仕事なら、この国にもいくらでもある。まずはアダモフ博士の助手をするというのはどうだ？　サンクト・ロマノフの美術品が見放題だぞ」

「いや、それは嬉しいけど……」

オレは手で顔を覆ってため息をつき、

「いや。今は考えても仕方ないよね。とりあえず、外れることを信じるよ」

彼はオレを見つめてなぜか言葉を切り、それからふいに目を逸《そ》らすと、

「そろそろパーティーに行かなくてはならない。退屈なばかりだが」

「秘書さんから聞いた。毎週末のようにパーティーなんだよね？　国家元首って本当に忙《いそが》しい

んだね」

　オレが言うと、彼はため息をつく。

「私が元首になってからというもの、世界中から花嫁《はなよめ》候補が押しかけてきている。週末は必ずパーティー。政治に集中したい私には時間の無駄《むだ》としか思えない」

　彼の言葉に、オレは少し驚いてしまう。

「花嫁を探す気はないの？」

「ない」

「じゃあ、ずっと結婚《けっこん》しないつもりとか？　あなたみたいな人が独身を通すなんて、なんだか世界中の女性が泣きそうな……」

「そうではなく」

　彼はオレの言葉を遮《さえぎ》る。

「自分で探す気はない。執事《しつじ》や側近や……この国の政治を知り尽《つ》くした人々が選んだ女性、それを言われたとおりに妃《きさき》にするだけだ」

　彼の言葉に、オレは呆然《ぼうぜん》としてしまう。

「何それ？」

　それからなんだか言いようのない感情が胸に湧《わ》きあがってくるのを感じる。

「あなたの一生の伴侶《はんりょ》になる人だよね？　あなたが決めるのが当然だよね？」

ない」

オレは言うけれど、彼は平然と、

「執事達やアダモフ博士は、それが伝説の指輪だと言った。妃になるべき人が嵌《は》めた時に外れなくなるのだと。そしてその女性と、元首は結婚してきたのだと。だが、私はそうは思ってい

ない」

彼はオレを真っ直《す》ぐに見詰《みつ》めて、

「いずれにせよ、元首はその婚約《こんやく》者候補の女性に触《ふ》れることはできない。元首は、一族の人間達と、側近と、そして女性本人から『指輪が外れなくなりました』と言われた相手と結婚する。もしも側近と相手の女性が共謀《きょうぼう》していても、確かめる術はない」

彼は無表情だったけれど、オレはなんだか胸が締《し》めつけられるのを感じる。

「じゃあ……歴代の元首も、そうやって他人が決めた相手と結婚してきたんだって思ってるの？　もしかして、自分のご両親も？」

思わず言ってしまうと、彼は少し考え、

「母は伝説は本当だと言っていた。だが私はそれは嘘《うそ》ではなく、私が素直《すなお》に信じられるようにとの配慮《はいりよ》をしてくれたのだと思っている」

オレの心が、なぜかチクリと痛んだ。

「じゃあ、いずれにせよ伝説は嘘だと思ってる？」

オレが聞くと、彼はオレの左手を見つめたままでしばらく考える。それから、

「もしもそんな夢のようなことが本当にあるのだとしたら、人生は少しは楽しくなるかもしれないな」

彼の口調は無感情だったけれど、そのサファイヤみたいに綺麗《きれい》な瞳《ひとみ》の奥に、微《かす》かに寂《さび》しさのようなものがよぎった気がした。オレの胸が、なぜかズキリと痛む。

……この美しい王宮の中で……。

オレはとても麗しい彼の顔を見上げながら思う。

……もしかして、彼は孤独《こどく》を感じてるのだろうか……？

「カズマ様は、ずっとあなたの部屋か、ライブラリーに閉じこもっていらっしゃいます。アダモフ博士が訪ねていらっしゃる時には地下の美術倉庫にいらっしゃるようですが……あれだけでは退屈なのでは？」

秘書の言葉に、私は書類から顔を上げる。

「もしも休暇《きゅうか》が取れるのなら、明日にでも彼を連れ出すが？」

私が言うと、彼は苦笑して、

「わかりました、スケジュールを調整してみます……。ふと思いついたのですが、あなたもカズマ様も王宮から出ずに、カズマ様の退屈を紛《まぎ》らわせる方法があるのではないかと」

「なんだ？」

「カズマ様を、パーティーにお呼びするのです。今夜のパーティーはサンクト・ロマノフ美術保存協会のチャリティーのパーティーですので、美術に関する専門家も多数いらっしゃいます。カズマ様も楽しめるのでは？」

その言葉に、私はハッとする。

「たしかにそうだ」

私は執務室《しつむ》の時計を見上げる。時間は午後四時。

「クチュリエに、彼に合いそうな燕尾服《えんびふく》を用意させる時間はあるだろうか？」

「では、早速連絡《さっそくれんらく》をしてみます」

秘書は言って、楽しそうに執務室を出て行く。

……彼がパーティーに出席する。珍《めずら》しく、退屈せずにいられそうだ。

石川和馬

「燕尾《えんび》服《ふく》なんて、生まれて初めてだよ」

　オレはドキドキしてしまいながら言う。老クチュリエがにっこり笑いながら、

「よくお似合いですよ。まるで生まれながらの王子様のようです」

　オレが連れてこられたのは、衣裳《いしょう》部屋らしい場所。ガラスのケースの中には戴冠式《たいかんしき》に使うような、白テンの襟飾《えりかざ》りの付いた真紅《しんく》のローブや、見事な王冠が収められていた。

　それに見とれる間もなく、大公家のお抱《かか》えだというテイラーから数名のクチュリエが到着《とうちゃく》し、オレはカーテンで仕切られた試着室に連れ込まれた。そしてそこでピンとのりの利《き》いたドレスシャツを着せられ、白いジレを着けられ、白のシルクの蝶《ちょう》ネクタイを結ばれた。そして燕尾《えんび》のある黒い上着と黒のスラックスを身につけさせられている。

「これで完成です。パーティーを楽しんでください」

　老クチュリエが言いながら、オレにエナメルのパーティーシューズを履《は》かせてくれる。

「指輪を見られてしまっては、淑女《しゅくじょ》達からの嫉妬《しっと》を一身に受けそうですので」

そして、仕上げにオレの手に白い絹の手袋《てぶくろ》を嵌めてくれる。それほど高さのある指輪じゃないから、上から手袋で隠《かく》してもそれほど目立たないだろう。

「できたか？　もうあまり時間がない」

カーテンの外から、ミハイルが言っている声が聞こえる。

「急にパーティーに出ろって言ったり、せかしたり！　あなたは勝手だぞ！」

オレは言いながら、試着室のカーテンを勢いよく開く。

腕《うで》時計を見ていたミハイルが顔を上げ……そのまま動きを止める。じっと見つめられて、オレの頬《ほお》が熱くなってしまう。

「似合わないのは自分でもわかってるよ。オレ、ただの学生だし、正式なパーティーなんて生まれて初めてだし」

オレは言いながらも、彼の姿に思わず見とれてしまう。

がっしりした肩《かた》を包んでいるのは、純白のドレスシャツ。そしてサテンの襟《えり》を持つ優雅《ゆうが》な黒の燕尾服。

白のジレが、彼の引き締《し》まった腰《こし》を強調している。

長い脚《あし》を包んでいるのは、脇《わき》にサテンのラインが入った漆黒《しっこく》のスラックス。

襟元《えりもと》に結ばれた蝶ネクタイは白。完璧《かんぺき》な形に結ばれている。

モノトーンの正装が、彼の宝飾品《ほうしょくひん》のような豪奢《ごうしゃ》な金髪《きんぱつ》と、サファイヤの瞳を引き立てる。

……うわあ……。

オレは彼の燕尾服姿に思わず見とれてしまいながら思う。

……やっぱり、ハンサムな男は何を着ても似合うんだ……。

「似合うな」

彼の唇《くちびる》から漏《も》れた言葉に、オレは少し驚《おどろ》いてしまう。

「……え？」

「似合うと言ったんだ。君の正装はとても美しい」

彼は言いながら、オレに向かって手を差し伸《の》べる。長い指をもつ美しい手は、今は純白の手袋に包まれている。オレはそれを見て、なんだか鼓動《こどう》が速くなるのを感じる。

「オレ、緊張《きんちょう》してるのかな？　なんだかすごくドキドキする」

「私がエスコートする。不安に思わなくていい」

彼はオレに一歩近づき、オレの左手をそっと持ち上げる。手袋越《ご》しに感じる彼の体温に、なぜか頬まで熱くなる。

「行こう、カズマ」

低い声で囁《ささや》かれ、サファイヤの瞳《ひとみ》で見下ろされて、オレの鼓動がますます速くなる。

……ああ、オレ、いったいどうしちゃったんだろう……？

◆

「……うわ、すごい華《はな》やか……！」

大舞踏《ぶとう》室の上階にある控《ひか》え室。その窓際《まどぎわ》に置かれたソファに、オレとミハイルは向かい合っている。

眼下に見える車寄せには黒塗《くろぬ》りのリムジンがずらりと並び、そこから燕尾服やイヴニングドレスに身を包んだ紳士淑女《しんししゅくじょ》が次々に降りてくる。王宮に続く専用道路にはまだまだたくさんのリムジンが並んでいて、パーティーの規模の大きさを物語っている。

「今夜のパーティーはそれほど規模が大きくない。クリスマスや新年、この国の建国記念日などには、国を挙げての祭りになり、国賓《こくひん》を招いてのもっと大規模なパーティーがひらかれる」

ウエイターが運んできたシャンパングラスを傾《かたむ》けながら、ミハイルが平然と言う。

「国賓がたくさん？　堅苦《かたくる》しそう。元首って大変な仕事なんだね」

オレはオレンジジュースを飲みながら、思わず言ってしまう。ミハイルはオレの顔を見て、それからふいに可笑《おか》しそうに笑う。

「え？　何？」

「たしかに元首は大変な仕事だ。だが、そう言ってくれたのは君が初めてだよ」

白い歯を見せて笑った彼は、とても若々しく見えた。いつもよりも優《やさ》しい目で見られている気がして、オレの頰《ほお》が熱くなる。

「オレ、根っからの庶民《しょみん》だから。あなたの周りにいるセレブとは全然違《ちが》うってば」

「社交界には、私も含《ふく》めて、当たり前のことを忘れてしまった人間が多い。君のごく普通《ふつう》の感覚は、とても貴重だと思う。君といると、とても楽しい気分になる」

彼の口から出た言葉に、驚《おどろ》いてしまう。

「楽しい?」

オレは言い、それから手袋《てぶくろ》に包まれた左手を挙げてみせる。

「オレ、てっきり迷惑《めいわく》がられてるかと思ってた。だって窃盗犯《せっとう》に間違《まち》われるような紛《まぎ》らわしいところにいたし、さらに国宝の指輪が外れなくなるし」

……考えてみれば、オレって本当に迷惑かも?

「君のおかげで、窃盗犯は捕《つか》まり、警察で尋問《じんもん》中だ。さらにそこから大規模な宝石窃盗グループをあぶりだすことができそうだ……警察長官は、君に感謝していると言っていたよ」

その言葉に、オレは少しだけ嬉《うれ》しくなる。

「迷惑だと思われてないなら、嬉しいよ。……ああ、早く指輪が外れるようには頑張《がんば》らなきゃならないけどね」

「失礼いたします」

ノックの音が響《ひび》き、執事《しつじ》が部屋に入ってくる。

「そろそろお客様もお揃《そろ》いになったようです。どうぞご挨拶《あいさつ》を」

ミハイルはうなずき、グラスをローテーブルに置いて立ち上がる。オレも慌《あわ》ててグラスを置いて立ち上がり、部屋を横切っていく彼の後を追って……。

「あれ？　廊下《ろうか》に出るんじゃないの？」

「いったん大階段まで行って回り込むと、大舞踏室はとても遠い。ほかの行き方がある」

ミハイルが言って、入ってきたのとは別の扉《とびら》を開く。その途端《とたん》、優雅《ゆうが》なオーケストラの演奏と、大勢の人々のざわめき、食べ物やお酒の香《かお》りがオレ達を包む。

「……えっ？」

扉の外は部屋ではなく、広いバルコニー状になっていた。高い高い天井《てんじょう》から、煌《きら》めくシャンデリアが下げられているけれど……それがやけに近く見える。そこは、まるでオペラ座のＶＩＰ席みたいに、広い空間に向かって張り出していたんだ。

優雅なワルツを奏《かな》でていたオーケストラが、ふいに演奏をやめる。代わって始まったのは、聞き覚えのあるメロディー。これはオリンピックの時に聞いたことがある……？

……とても美しいメロディーが印象的だった。これはサンクト・ロマノフの国歌だ……。

笑いさざめいていた人々が、次々に顔を上げ、バルコニーを見上げてくる。「大公殿下だ」「ミハイル様よ」「隣《となり》にいるのは誰《だれ》かしら？」というざわめきが微《かす》かに聞こえてくる。誰かが国歌のメロディーに合わせて朗々と歌い始め、それが大舞踏室全体に広がる。広い会場を埋《う》め尽《つ》くす来客が声を合わせて歌う国歌は、なんだかちょっと感動的で……。

一番を歌い終わったところで、オーケストラが静かに演奏を止め、ミハイルが人々に向かって手を挙げる。合唱の代わりに、今度は盛大な拍手《はくしゅ》が湧《わ》き上がる。

……なんだか、すごい……。

日本人でこういうことに慣れていないオレは、ただただ圧倒《あっとう》されてしまう。

「ミハイル様」

執事の声に振《ふ》り返ると、そこにはさらに別の扉が開いていた。どうやらバルコニーの壁《かべ》側にはエレベーターが備え付けられていたらしい。飾《かざ》りの施《ほどこ》された鋳鉄《ちゅうてつ》の扉を持つ、かなり時代がかったエレベーターだ。執事が扉を押さえてオレ達を先に中に入れ、最後に乗り込んできて一階のボタンを押して扉を閉める。エレベーターがギシギシときしみながら下り始める。階数表示は光るボタンではなく、真鍮《しんちゅう》でできた針がゆっくりと動くものだ。

「あのさ……」

オレは思わず唾《つば》を飲み込みながら言う。

「下ってるってことは、扉が開いたら大舞踏室ってこと？」

「安心してくれ、セキュリティーのためにさらに控えの間がある」

彼が言った時、ガタン、と小さく揺《ゆ》れながらエレベーターが停止した。ポン、という音がして鋳鉄の扉がゆっくりと開く。そこは狭《せま》いけれど豪華《ごうか》な内装の部屋。大舞踏室側に向かって開く大きな扉がある。ミハイルはちらりとオレを見下ろして、

「覚悟《かくご》はいいか？」

「いや、あの……」

オレは扉の脇《わき》に置かれた姿見に目をやって、結んでもらった蝶《ちょう》ネクタイの結び目が完璧《かんぺき》なことを確認《かくにん》する。髪《かみ》をきちんと整え、こんな格好をしたオレは……本当に自分じゃないみたい。

オレは胸を押さえて、深呼吸をする。

……せっかくミハイルが連れてきてくれたのに、びびっててどうするんだよ？

オレは思い、それからミハイルを見上げる。

「ごめん、いいよ」

ミハイルがチラリと合図をすると、扉の脇に立った王宮の使用人達二人がゆっくりと扉を押し開けていく。控え室もじゅうぶんに明るいと思ったんだけれど、大舞踏室はさらに明るいみたい。シャンデリアの眩《まばゆ》い光が筋になって差し込んでくる。オレは一瞬《いっしゅん》目を閉じ、それからゆっくりと目を開く。

こちらに注目している煌《きら》びやかに着飾《きかざ》った人々。下から見上げるとさらに豪奢《ごうしゃ》に見える大舞踏室。ワルツの演奏を始めたオーケストラの音色が、美しく響きながら耳に届く。

……わあ、本当に、オレが今まで知っていたのとは完全に別世界だ……！

「こんばんは、大公殿下」

「こんばんは、ミハイル様」

人々はいつの間にか列になっていた。貫禄《かんろく》や着ている服の豪華さからして、列の最初にいるのが海外からのVIPや、この国でも地位の高い人みたいな雰囲気《ふんいき》。ミハイルと、彼にエスコートされているオレは彼らに順番に挨拶をしながら進む。

「こんばんは、アンドロノフ侯爵《こうしゃく》。別荘《べっそう》では大変お世話になりました。……こんばんは、侯爵夫人。赤のドレスがとてもよくお似合いです。……お久しぶりです、バルドス博士。新しい御《ご》著書、早速《さっそく》読ませていただきました。大変感銘《かんめい》を受けました。……こんばんは……」

挨拶、というとちょっと違うかもしれない。ミハイルが声をかけ、相手は挨拶を返してから深々と頭を下げている。ただのパーティーの主催者《しゅさいしゃ》じゃなくて、王様なんだな、という感じ。普通のパーティーなら「隣にいらっしゃるのはどなたですか？」と聞かれそうなものだけど、招待客からミハイルへの質問は今は許されてないらしい。彼らは頭を下げる前に揃ってチラリとオレに好奇《こうき》の視線を浴びせる。オレは冷や汗《あせ》をかきつつ会釈《えしゃく》を返し、どうしていいのか解《わか》らずに、呆然《ぼうぜん》としながらミハイルについていくばかりだ。

列は延々と続き、挨拶は続く。よく聞くとミハイルは彼らの名前を完璧に覚えているだけでなく、一人一人にまったく違う言葉をかけている。

……パーティーって言うとご馳走《ちそう》を食べてしゃべってればいいのかと思ってたけど……。

オレは、ミハイルがパーティーに出ることに気が進まない様子をしていたことを思い出す。

……王様って、パーティー出るだけで、こんなに大変なんだ……！

延々と続く人々への挨拶が終わったのは、それから四十分は経《た》ってからだと思う。ミハイルはオレを連れて部屋の一番奥に向かう。そこには一段高くなったひな壇《だん》のような場所があり、真紅《しんく》の絨毯《じゅうたん》が敷《し》かれ、優雅なアンティークのソファが置いてある。ミハイルはオレをエスコートし、ソファに座らせてくれる。

「な、なんか……別世界過ぎて、眩暈《めまい》がする」

オレは言いながらソファに座り込む。人々はオレ達に話しかけたそうなそぶりは見せるけれど、どうやらここに座っている時には話しかけちゃいけない決まりがありそう。彼らはまたおしゃべりに戻《もど》り、ワルツを踊《おど》り始める。

オレの隣にミハイルが座ると、ウエイターがすばやく近寄ってきて、飲み物の載《の》ったトレイを差し出してくれる。ミハイルにはシャンパン、オレにはオレンジジュース。オレは渡《わた》されたそれを飲みながら、ミハイルの方に目をやる。

「あなたがパーティーは退屈《たいくつ》みたいに言った時、なんて贅沢《ぜいたく》なんだろうと思った。でも認識《にんしき》が変わった。オレは横にいただけでこんなに疲《つか》れたんだから、挨拶をしてるあなたはものすごく大変だったんじゃないかと思う。……お疲れ様！」

オレがちょっとふざけて言うと、ミハイルは少し驚いた顔をし、それからふいに微笑《ほほえ》む。

「君は本当に面白《おもしろ》いことを言うな。そんなことを言ってくれたのも君が初めてだ」

その笑《え》みがやけに輝《かがや》いていて、オレの頬がなぜだか熱くなってしまう。

……いや、男に微笑まれたからって、赤くなることはないんだけど……。

だけど、豪華なシャンデリアの下、古式ゆかしい燕尾《えんび》服《ふく》を着こなした彼は、お伽噺《とぎばなし》の中から現れた王子様のように、端整《たんせい》で、本当に麗《うるわ》しくて……。

「おお、すっかり遅《おそ》くなってしまった！」

大舞踏《ぶとう》室のエントランスの方から、聞き覚えのある大声が聞こえた。オレは慌てて顔を上げて、そこに知っている顔が現れたことに気づく。

「あ……アダモフ博士！」

オレはなんだか急に心強くなりながら、ソファから思わず立ち上がる。

「おお、カズマ！　すっかりめかしこんでるじゃないか！」

アダモフ博士は言いながら、人々を押しのけるようにして近づいてくる。人々が足を踏《ふ》み入れないようにしていたひな壇の上に平気でずかずかと乗ってきて、オレの頭の上から足の先までをジロジロ眺《なが》め回す。オレは思わず赤くなってしまいながら、

「似合ってないのはよくわかってます。オレ、ただの庶民《しょみん》だし」

「そうやって可愛《かわい》いことばかり言って私を誘惑《ゆうわく》しようとしても、そうはいかないぞ。しかも、君には伴侶《はんりょ》になる予定の相手がしっかりいる。なんと言っても伝説の……」

遠慮《えんりょ》のない大声で言われて、オレは本気で焦《あせ》る。伝説の指輪をオレが嵌《は》めちゃっていることがばれたら、ミハイルに想《おも》いを寄せる女性達から袋叩《ふくろだた》きにされそうだ。

「アダモフ博士、その話は……っ」

オレが言うと、彼はわざとらしく手で口を覆《おお》い、それからオレを見てにやにや笑う。

「わかった。その話はやめておいてやる。……さて、こんなところでイチャついてないで、さっさと下りて来い。あなたもですよ、大公殿下」

博士はミハイルをチラリと睨《にら》み、ミハイルが苦笑《くしょう》しながら立ち上がる。

「正式な挨拶《あいさつ》は、あなたがいらしてからと思ったので」

「まあ、あなたは美術になんぞてんで興味がないでしょうからね。……だが、カズマ、君にとってはなかなか貴重な体験になるはずだぞ。なんせこれは、サンクト・ロマノフ美術保存協会のチャリティーのパーティーだからな」

その言葉に、オレは驚《おどろ》いてしまう。

「これが、美術の保存のために役立つんですか？」

「そうだ。ところどころに募金《ぼきん》箱が置かれていて、パーティーに参加した金持ちが好きな額を募金することになっている。最後に若手芸術家の絵のオークションもあるしな」

アダモフ博士の言葉に、オレはちょっと驚いてしまう。

「そういうパーティーもあるんですね。パーティーってただのお金持ちの娯楽《ごらく》かと思ってた」

「サンクト・ロマノフでは昔から行われている。サンクト・ロマノフの元首は代々美術に造詣《ぞうけい》が深いからな。……まあ、今の元首はまだまだ若くて、政務に追われているみたいだが」

ミハイルをチラリと睨んでから、

「今回のパーティーは美術関係者も多い。紹介《しょうかい》するのでついてきなさい」

彼は言いながら、ひな壇から下りてフロアを歩く。次々に人々が近寄り、アダモフ博士と言葉を交《か》わしている。どうやら彼はとても顔が広いみたいだけど……？

「カズマ！」

白髪《しらが》の男性と親しげに言葉を交わしたアダモフ博士は、振《ふ》り返ってオレを呼ぶ。オレが慌《あわ》てて駆《か》け寄ると、博士は隣《となり》にいる男性を示して、

「紹介する。彼はサンクト・ロマノフ美術館の館長、ヨハン・グリーグ」

「えっ？」

彼の口から出た名前に、オレは本気で驚いてしまう。アダモフ教授は、

「ヨハン。彼はサンクト・ロマノフ美術館を見に、わざわざ遠い極東の国からやってきたんだ。なのに休館だったとさんざん文句を……」

「文句なんか言ってません！」

オレは思わず叫《さけ》んでしまい、そこにいた紳士《しんし》達が驚いた顔をしたことに気づいて赤くなる。

「失礼しました。……ええと、ちょっとがっかりしましたが、改修工事なら仕方がありません

よね」

「本当に急に工事が決まってしまってねえ。雨漏《あまも》りがしている部屋があることに気づいて、私達も真っ青になったよ。とにかく古い建築だからねえ」

グリーグ館長は、気の毒そうに言ってくれる。

「すぐに各国の観光局に通達を出したのだが、どうやら国によって告知の時期が違《ちが》っていたらしいんだ。美術館の事務所には苦情の電話が殺到《さっとう》したよ」

彼は言って苦笑する。オレは憧《あこが》れの美術館に勤める人、しかも館長に会えたことにドキドキしてしまいながら言う。

「あの……四年前に出た『サンクト・ロマノフ美術館作品集』って、グリーグ館長が監修をなさっていましたよね？　オレ、あれを書店で見て、あまりの美しさに思わずその場で買ってしまいました。サンクト・ロマノフ美術館に絶対に行きたいと思ったんです」

「あれは実際の色味を出そうとして印刷に凝《こ》りすぎて……一冊の価格がとんでもなく高くなってしまった。君のような若者が買ってくれたなんて光栄だよ」

彼が言い、オレは苦笑する。

……たしかにすごい高額だった。三万五千円の美術作品集なんて、学生のオレが買えたのが奇跡《きせき》だ。実はあの写真集を見たのはバイトの帰り。持っていたバイト料をそのままつぎ込んでしまってその月はお小遣《こづか》いがピンチだったのを覚えている。

「でも、本当に美しい作品集でした。オレ、すごく大事にしています」

「それは嬉《うれ》しいな。頑張《がんば》って作った甲斐《かい》があったというわけだ」

「館長、もしかしてあの作品集の話ですか？」

近くにいた若い男女が、言いながらそばにやってくる。館長は、

「どうやら彼はあの作品集を買ってくれたらしいんだよ」

「本当ですか？　サンクト・ロマノフ美術はあまり知られていないし、本当に買ってくれる人がいるのか不安だったんですけど」

「いや、やっぱり俺達が頑張って選定した、そのセンスがよかったんじゃないかな？」

彼らはどうやら美術館の職員らしい。そういえばみんな燕尾服を着ているけれど、ネクタイがちょっと曲がっていたりして、今ひとつ着慣れていない感じだ。館長が、

「紹介します。彼らはサンクト・ロマノフ美術館のキュレーターをしてくれているメンバーです。もっと高齢《こうれい》のメンバーもいるのですが……彼らは食事に夢中のようだ」

笑いながら言う。舞踏室の一角にはカウンターがあって、シェフ達が料理を皿に盛り付けては客に配ってる。王宮主催《しゅさい》のパーティーとはいえ、わりと気楽な感じみたいだ。

オレはちょっとホッとしながら、

「お話しできそうな方々がいて、よかったです。オレ、パーティーなんか初めてで」

言うと、彼らが驚いたように目を丸くする。

「え？　あそこにいたということは、ミハイル様の個人的なゲストなんですよね？」

「堂々としているから、パーティー慣れしたどこかの王族の関係者かと……」

「いいえ、ちょっと理由があってここにいるだけで、オレはただの庶民です。日本の武蔵美術大学の油絵科学生で、卒業したらデザイン事務所に勤める予定になってます」

「ムサシ美術大学の油絵科？　じゃあ、研究助手のマサムネさんって知ってる？」

キュレーターさんの一人が言い、オレは驚いてしまう。

「知ってます、知ってます！　うちのゼミの吉田《よしだ》教授の助手さんなので、実技の途中《とちゅう》でサボってるとさりげなく探しに来て『吉田教授が見回りに来るから、そろそろ教室に戻《もど》った方がいいよ』って教えてくれる、すごくいい人なんです」

オレが言うと、キュレーターさんは、

「どの国の美大も似たようなものだなあ。マサムネさんは、サンクト・ロマノフ美術大学の夏期講座を受けに来たことがあるんだ。懐《なつ》かしいなあ」

言いながらにっこり笑う。オレは共通の知り合いがいたことにさらに嬉しくなって、緊張《きんちょう》もすっかり忘れてしまう。

オレは彼らと美術に関する話をし、楽しい時間を過ごした。

「パーティーって、もっと怖《こわ》くて堅苦《かたくる》しいと思ったけど……」

オレは隣にいるミハイルに囁《ささや》く。

「……すごく楽しいかも！」

ミハイルはオレを見下ろし、そして唇《くちびる》の端《はし》に笑《え》みを浮《う》かべる。

「それはよかった。楽しんでもらえてなによりだ」

その声がなんだかちょっと優《やさ》しく聞こえて、オレの鼓動《こどう》がなぜだか速くなる。

……なんで？　いったいどうしたんだろう、オレ？

「最後期のラスコーリニコフの作品……例えばイサーク大聖堂の天井画《てんじょうが》や、ネフスキー修道院の聖アンドレイの彫像《ちょうぞう》などですが……には、前期の彼の作品にはない、包み込むような優しさがあると思うんです。それはきっと、ラスコーリニコフが私生活で出会った宮殿《きゅうでん》のお抱《かか》え画家・マニーノフの影響《えいきょう》が大きいと思うんです」

和馬のサンクト・ロマノフ語はほんの少し癖《くせ》はあるがとても流暢《りゅうちょう》で、その澄《す》んだ声と独得のリズムは、まるで歌を聞いているかのように心地《ここち》いい。しかも美術の知識はあるが興味はあまりない私にとっても、彼の話は面白《おもしろ》く、思わず聞き入ってしまう。

和馬の周囲には、いつの間にか美術関係者の人垣《ひとがき》ができていた。「ダンスフロアの真ん中で固まっているのも邪魔《じゃま》だし、足が疲《つか》れた」というアダモフ博士の言葉で、大舞踏室《ぶとう》の一角に急《きゅう》遽《きょ》ソファスペースが作られ、美術関係者はそこで和馬を囲んで議論を交わしている。この国では美術関係者はとても尊敬されていて、アダモフ博士もサンクト・ロマノフ美術館の館長、グリーグ氏もとても有名だ。その彼らと対等に議論をしているとても若い東洋人の姿に、人々は驚《おどろ》き、興味を持ち、さらにその外側に人垣を作っている。

「美術系のパーティーらしくなってまいりましたね。こういう議論はパーティーの華《はな》です」

ローテーブルにシャンパンのグラスを並べていたイワノフが、仏頂面《ぶっちょうづら》のまま囁いてくる。

「私も、サンクト・ロマノフ美術にはかなり詳《くわ》しい方だと自負していたのですが……カズマ様の知識は付け焼き刃《ば》ではない。少しだけ見直しましたよ」

彼の厳しい声に微《かす》かな尊敬が滲《にじ》んでいたことに、私は気づく。

「それを、彼に直接言ってあげてくれないか？　『君の知識の豊かさに負けた』と」

「負けてはおりません。見直したと言ったのは、ほんの少しですから」

イワノフが憤然《ふんぜん》とした声で言い、トレイを持って立ち上がり、踵《きびす》を返す。私は子供のように意地っ張りな執事《しつじ》に思わず微笑《ほほえ》んでしまう。

「しかし、マニーノフとの友情は、ほんの半年で終わったのだとたいていの美術書には書いてありますが？　聖アンドレイの彫像はマニーノフとの出会いから六年後に作られています」

若手のキュレーターが手を挙げて言い、グリーグ館長が何かを言いかける。それをアダモフ博士が止めて、

「カズマはどう思う？　どうしてそこまで友情が続いたと思うのか、根拠《こんきょ》を」

和馬はうなずいて、

「かなり希少な本だと思うのですが、オレの担当教授が『ラスコーリニコフの書簡集』を手に

入れました。それを見せていただいたのですが……」

「ちょっと待ってください。日本にそれが？」

グリーグ館長が呆然《ぼうぜん》とした顔で言う。

「あれは世界に数冊しかない希少本で、ラスコーリニコフの故郷であるこのサンクト・ロマノフにも一冊もありません。現在は、バチカン美術館の地下金庫に厳重に保管されているものしか現存していないと言われていた。私とアダモフ博士を始めとする研究チームは、十年ほど前に特別な許可をもらってそれを閲覧《えつらん》して……」

「オレの担当教授が、ロンドンの古本市で見つけたそうです。タダのような値段で売っていたので絶対に偽物《にせもの》だと思って洒落《しゃれ》で買ったのですが、念のために鑑定《かんてい》に出したら本物だったみたいです」

彼は言い、それからちょっと申し訳なさそうな顔になって、

「オレ、まだ鑑定に出す前に教授から借りて……家に持って帰ってベッドに寝転《ねころ》がって読んでしまいました。とても状態がよくて、だからとても本物とは思えなくて……」

和馬の言葉に、美術関係者は呆然と目を見開いている。

「だけど印刷のかすれ具合がほかの資料で読んだものと同じだったし、今はあまり見かけないような変わった紙で作られたページを見ているうちに、なんだかちょっと畏《おそ》れ多い物に思えてきて……だから教授に鑑定に出すように勧《すす》めました。教授は面倒《めんどう》がっていたんですが、鑑定に

出してよかったです。でなかったら教授の研究室に山積みにされるところでした」

　グリーグ館長は今にも失神しそうな顔をして、和馬を見つめている。和馬は、

「ご安心下さい。今は、ある銀行の美術品用の貸金庫に厳重に保管されています。サンクト・ロマノフ美術に興味のある研究者が日本にはあまりいないので、ほとんど知られていないのですが……もしも興味がおありでしたら、教授に頼《たの》めば、撮影《さつえい》したデータを閲覧することはいつでも可能だと思います。おっしゃっていただければ、話を通しておきますので」

　グリーグ館長はポカンと口を開き……それから手で顔を覆《おお》って、

「ああ……どうしよう？　あまりの幸福に眩暈《めまい》がしてきた。あの時はせかされて隅々《すみずみ》まで見ることができなかったんだ……」

　彼の様子に、アダモフ博士が豪快《ごうかい》に笑って、

「もちろん後日見せてもらうが……君はなんというか、とんでもない体験を色々しているようだな」

　彼の視線が、和馬の左手に落ちる。白手袋《てぶくろ》に包まれたほっそりした薬指には、よく見ないと解《わか》らないくらいの微かな盛り上がりがある。『妃《きさき》の指輪』だ。

「あはは。そう……かもしれませんね」

　和馬が苦笑《くしょう》して、そっと左手を右手で隠《かく》す。グリーグ館長が、

「それで……さっき言いかけたことの先を続けて欲しいのだが」

身を乗り出して言う。和馬は、

「あ……すみません。ええと。ラスコーリニコフとマニーノフが喧嘩別《けんかわか》れをしたと言われている『ラドガ亭発砲事件《ていはっぽう》』は有名ですよね。でもあれから二年後、ラスコーリニコフはマニーノフに手紙を書いています。オレも読みましたが、まるで愛の囁きのようにも思える。熱い気持ちのこもった手紙でした。そしてマニーノフからすぐに返事が来たようです。『君と永遠の友情を誓《ちか》う』という内容の。ラスコーリニコフからの返信は歓喜《かんき》に溢《あふ》れていて、読んだときには思わず泣いてしまいました。その後も二人の書簡は長く往復していたようですよ」

和馬の言葉に、研究者達が驚いた顔をしている。

「では、現在の通説は間違《まちが》いだということになるのか」

「すごい話を聞いたなあ」

彼らの言葉に、アダモフ博士はまるで自分のことのように誇《ほこ》らしげな顔をする。そして、

「カズマ、やはり君はこの国に移住すべきだ。そして私の下で思う存分サンクト・ロマノフ美術について研究を重ねればいい」

彼にしてはやけに真面目《まじめ》な顔で言う。和馬は驚いた顔をし、それからなぜか少し寂《さび》しげな顔で微笑む。

「憧《あこが》れていた研究者のアダモフ博士から、直《じか》にそんなお言葉をいただいてしまうなんて、すごく光栄です。ありがとうございます」

「なんだ？　本気にしていないのか？　この王宮の地下倉庫にはまだまだ見せていない美術品がある。見たくないのか？」

「見たいです。ものすごく。でも……」

和馬は微笑んで言葉を切り、大舞踏室の中をゆっくりと見渡《みわた》す。

「サンクト・ロマノフはどこもかしこも美しすぎて、まるでお伽噺《とぎばなし》の世界に紛《まぎ》れ込んだみたいに現実味がないんです。本当にそんなことができたら、どんなに素敵《すてき》でしょうね」

彼はうっとりと言って、大舞踏室の天井画を見つめる。

「きっと、夢みたいだろうなあ」

和馬の麗《うるわ》しい顔に、夢見るような表情が浮《う》かぶ。集まった研究者は、和馬のその表情に陶然《とうぜん》と見とれてしまっている。そしてこの私も、やはり和馬から目が離《はな》せない。

……本当に、不思議な青年だ。

私は彼の横顔を見つめながら思う。

王宮で初めて会った日。彼の左手の薬指には、『妃の指輪』がぴたりと嵌《は》まっていた。彼の象牙《ぞうげ》のような肌《はだ》にサファイヤのコーンフラワーブルーが映《は》え、思わず見とれたのを覚えている。それはまるで、彼が私の運命の人なのだと、指輪が語っているかのようで……。

麗しく、少年のようにやんちゃで、純粋《じゅんすい》。同じ男なのに、どうしても彼から目が離せない。

……私には……和馬の方が、お伽噺の中から現れたかのように思える。

「ああ……楽しかった……！」

ミハイルの部屋に戻《もど》ってきたオレは、蝶《ちょう》ネクタイを緩《ゆる》めながらソファに勢いよく座る。

「日本ではサンクト・ロマノフ美術の研究者も少なくて、なかなか理解してもらえないんだ。ずっと好きだったサンクト・ロマノフ美術に関することを、こんなに話せたなんて初めてかも。それに、いろいろな人からためになる話も聞けたしね」

オレは背もたれに後頭部を預けて、彼のベッドルームの天井画《てんじょうが》をうっとりと眺《なが》める。

「なんか、すごく幸せな気分！」

オレは言い……それから立ったままのミハイルを見上げる。

「あ……一人でしゃべっちゃってごめんなさい。あなたはあまり興味がないんだっけ？」

「ああ。だが……」

彼は言いながら踵を返し、ベッドルームの隅《すみ》に設置された木製のバーカウンターに近づく。

「……君の話を聞いていて、興味が湧《わ》いてきた。私はサンクト・ロマノフ美術をいくらでも鑑《かん》賞《しょう》できる立場にある。それをまずは感謝しないといけないな」

彼の言葉に、オレはなんだかすごく嬉《うれ》しくなる。

「本当に？　よかった！　本当にそうだよ……って、聞いてる？」

彼はバーカウンターの向こうでしゃがみ込み、そこに設置されている冷蔵庫からお酒の瓶《びん》を何本か取り出している。

「聞いているよ。……パーティーではまったく飲んでいなかったが、酒は？」

「もちろん大好き。二十歳《はたち》を過ぎてからは、酒好きの担当教授に付き合って飲んでた。オレ、けっこう強いよ？」

「それは心強いな。……そういえば、議論に夢中でほとんど食べなかったな。何か少し摘《つま》んだ方がいいかもしれないな。何かリクエストは」

「じゃあ、サンクト・ロマノフ名物のキャビア！……なぁんて、冗談《じょうだん》だから本気にしないで」

「冗談？　本当はキャビアが嫌《きら》いという意味？」

真面目な顔で聞かれて、オレは笑ってしまいながら、

「違《ちが》う。すごく好き。従兄弟《いとこ》の結婚式《けっこんしき》で一回食べて、うっとりしちゃった。……キャビアってめちゃくちゃ高価なんだよね？　いくらあなたが元首でも、そうそう頻繁《ひんぱん》には……」

「好きならよかった」

ミハイルは言いながら、バーカウンターの後ろの壁《かべ》に設置された電話の受話器を持ち上げる。

彼が『1』のボタンを押すと、すぐに相手が出たみたいだ。

「イワノフか？　部屋で飲むので、シェフに連絡《れんらく》してつまみを適当に用意してもらって欲しい。ああ……キャビアとブリニは必ず」

あっさりと言って、電話を切る。それから、

「リビング、そしてベッドルームにある電話はすべて宮殿《きゅうでん》内の内線電話だ。『1』を押すとイワノフの携帯《けいたい》電話に繋《つな》がる。何か必要な物がある時には気軽に彼に頼めばいい」

オレはイワノフさんのいかめしい顔を思い出してちょっと怯《おび》える。

……用事なんか頼んだら、苛《いじ》められそう。気軽に電話するのは、ちょっと無理かなあ。

ミハイルは、ワインとウォッカの瓶を一本ずつワインクーラーに差し込み、冷凍庫《れいとうこ》から出した氷を満たしている。棚《たな》からワイングラスを二脚《きゃく》出し、片手でワインクーラー、もう片方の手でワイングラスの脚をまとめて持って、オレの座っているソファの隣に座る。

「ウォッカも有名なのだが……サンクト・ロマノフでは、さまざまなフルーツワインが生産されている。これはラズベリーから作ったスパークリングワイン。飲んだことは？」

「ない。なんだか美味《おい》しそう」

「それなら」

彼はワインの瓶を氷の中から取り出し、瓶の水滴《すいてき》を布ナプキンで拭《ふ》き取る。そしてソムリエナイフを使って慣れた手つきでコルクを抜《ぬ》く。オレの前に置いたグラスにとても美しいラズベ

リー色のそれを満たしてくれる。キラキラと輝《かがや》く泡《あわ》が宝石みたいだ。

「わあ、いい香《かお》り」

オレが言うと、彼は微笑《ほほえ》みながら瓶をワインクーラーに戻す。そしてウォッカの瓶を取り出し、キャップを開けてその中身を自分の前のグラスに注ぐ。

「……えっ？」

ボトルの口から落ちるウォッカが、溶《と》けかけたシャーベットみたいにわずかにトロリとしていることに気づいて、オレは身を乗り出す。

「何、それ？」

「冷凍庫に入れてあった。アルコール度数が高いので、すべては凍《こお》らずにこういう状態になる。逆にアルコール度数が高すぎても凍らないので、これはちょうどいい度数に抑《おさ》えてある。アイス用のウォッカだ」

彼がオレの方にラベルを向けて読ませてくれる。ラベルには白熊《しろくま》がいる氷山の絵と、サンクト・ロマノフ語でアイス・ウォッカという意味の言葉が書かれている。

「面白《おもしろ》そう！　あとでそっちも飲まなきゃ」

オレが言うと、彼はチラリと眉《まゆ》をつり上げて、

「アルコールに強いというのは本当かな？　ワインなどに比べるととても度数が高いので、一気に酔《よ》うと思うのだが？」

「大丈夫《だいじょうぶ》、オレ、めちゃくちゃ強いから」

オレは言ってグラスを持ち上げる。

「まずは乾杯《かんぱい》しないと。何に？」

彼は自分の前のグラスを持ち上げて、

「それなら、日本からきた客人に。あのアダモフ博士に助手になれと言われたことは、とても名誉《めいよ》なことだと思うよ」

「あはは。確かに。……それから、パーティーに連れていって、楽しい時間を過ごさせてくれたあなたに」

オレは言って、彼と軽くグラスを合わせる。

「すごく楽しかったし、とんでもなく貴重な体験だったと思う。あなたには、とても感謝してるよ」

オレが一気に言って、それからチラリと目を上げると、彼は驚《おどろ》いたようにわずかに目を見開いてオレを見つめてる。

「素直《すなお》だな。珍《めずら》しく」

「珍しくはよけい！　オレはいつも素直だってば！　そうだろ？」

ミハイルは答えず、可笑《おか》しそうに笑いながら、ウォッカのグラスを口に運ぶ。彼の美しいかたちの唇《くちびる》がグラスに押し当てられる。男らしい首を反らし、彼はグラスに半分はあったウォッカを一気に飲み干す。

「うわ！」

オレは、驚きのあまり思わず声を上げてしまう。

「何やってるんだよ！　そんなに飲んだら酔っぱらうよ！」

オレが必死で頼《たの》むと、ミハイルは不思議そうな顔をして、

「まだグラス半分だよ。酔うわけがない」

彼は新しいウォッカをグラスに注ぎながら、不思議そうな顔をする。彼の顔は冷静で、顔色もまったく変わらない。

……うわあ、この男、こんなクールな顔をしてもしかしたらものすごーくお酒に強いのか？

それから十分ほどしてドアにノックの音が響《ひび》き、イワノフさんがワゴンを押したウエイターを従えて入ってくる。

ローテーブルに並べられたのは、いろいろな野菜のピクルス。ケッパーとレモンと薄《うす》切りのタマネギを添《そ》えた美味しそうなスモークサーモン。枝付きの干しぶどうに、カラ付きの胡桃《くるみ》。そしてシルバーの器《うつわ》に入れた氷で冷やされているのは、ガラスの器に盛られた艶々《つやつや》のキャビア。小型のパンケーキが添えられている。

「すごい！」

オレは器に山盛りになったキャビアを見て、思わず声を上げてしまう。

「なんか、キャビアがキラキラしてる！　美味しそうを通り越して神々《こうごう》しいよ！」

オレが言うと、ローテーブルに料理を並べていた若いウエイターがプッと噴《ふ》き出す。イワノフさんに睨《にら》まれてすぐに真顔に戻って作業を続けるけれど、目がまだ笑ってる。

「それでは失礼いたします。必要な物がございましたら、いつでもお呼びを。……カズマ様」

厳しい声で呼ばれて、オレは思わず姿勢を正す。

「なんですか？」

「ミハイル様は、サンクト・ロマノフ大公家の酒豪《しゅごう》の血を引き継《つ》いだ特別な方。どんなに飲まれてもまったく酔われません。なので、そのペースに巻き込まれてはいけません。おわかりですね？」

イワノフさんは言って、オレを睨み付ける。オレは慌《あわ》ててうなずいて、

「わかりました。自分のペースで飲みますので」

「それならよろしい。……ミハイル様、いくら酔わないからといってもたくさん飲まれるのは感心しませんよ」

イワノフさんは言って踵《きびす》を返す。若いウエイターをつれて部屋を出ていく。

「あれって、翻訳《ほんやく》すると『あなたの身体《からだ》が心配です。飲み過ぎに気をつけてくださいね』っていうこと？」

閉まったドアを見ながらオレが言うと、ミハイルが小さく笑って、

「そのとおりだ」

「あの人って目つきは鋭《するど》いし、いつも怒《おこ》ってるみたいだし、ちょっと怖《こわ》いけど……実はいい人だよね」

オレが言うと、ミハイルはとても優《やさ》しい顔でオレに微笑んでくれる。

「彼のよさをわかってくれて嬉《うれ》しい。彼は誰《だれ》よりもサンクト・ロマノフのことを考えてくれている。私は彼に感謝のし通しだ」

「うん。オレ、イワノフさん好きだよ、彼は厳しいけど間違《まちが》ったことは言わないし。……あ、オレを窃盗《せっとう》犯だって言ったことは、取り乱していたからってことでもう忘れたからね」

オレは言い、それからテーブルの上に並んだ、おつまみと言うには豪華《ごうか》すぎる皿を見遣《みや》る。

「キャビアがあったかくならないうちに食べなきゃ。これって、その小さいパンケーキみたいなのの上に載《の》せて食べるの？」

「そうだ。これはブリニ」

ミハイルは言いながら小型のパンケーキを取り、その上に小さなスプーンを使ってキャビアを載せる。

「欧米《おうべい》ではみじん切りにした卵やタマネギを添える店もあるようだが……新鮮《しんせん》なチョウザメのキャビアが手に入るこの国では、いろいろなものを混ぜるのは邪道《じゃどう》だとされている」

「そうなんだ？」

オレはミハイルが渡《わた》してくれた小さなスプーンを受け取り、キラキラしているそれを思わず観察する。

「これって何でできてるの？　プラスティックとも違《ちが》うみたいだし」

「これは白蝶貝《しろちょうがい》。ほかにも水牛の角などを使ったスプーンでキャビアをすくう。金属製のスプーンや皿は、キャビアに金属の臭《にお》いがつくといけないので敬遠される」

「そうなんだ？　いろいろ決まりがあるんだね。さすが高級食材」

オレは言いながら、ブリニの上にキャビアを載せる。本当は山にしてみたいところだけど、あんまりがっつくのも格好《かっこう》悪いから、ミハイルと同じくらいの量にしておく。スプーンをキャビアの皿に戻《もど》して、

「いただきます！」

言って、ブリニで包《くる》んだキャビアを口に入れる。

「……んんっ！」

ブリニの香《こう》ばしい麦の香《かお》りと、キャビアの濃厚《のうこう》な味わい。それが混ざり合って、陶然《とうぜん》とするほど美味《おい》しくて……。

オレは夢中で食べ、飲み込んでから叫《さけ》ぶ。

「すっごく美味しい！　いい香りがして、濃厚で、とろとろ！」

彼は、その唇に笑《え》みを浮《う》かべて、

「それはよかった。これはこの国の大切な輸出品。その中でも最高級の銘柄《めいがら》だ。気に入ってもらえて嬉しいよ」

「最高級かあ……高いキャビアって、一瓶《びん》が何万円もするんだよね？　でもそれでも買っちゃう食通の気持ちがなんだかわかるよ」

オレは言いながら、優雅《ゆうが》にブリニを食べるミハイルを見上げる。

「ええと……もう一枚食べてもいい？」

彼は微笑《ほほえ》んで、

「もちろん。残してしまってはシェフが泣くよ」

「いただきます！」

オレは言ってブリニを取り、そこにキャビアを盛りつける。さっきよりももうちょっとたくさん。そしてそれをゆっくりと味わって……。

……ああ、やっぱり美味しいよ……。

キャビアだけでなく、スモークサーモンも、パプリカや小タマネギをスパイスのたっぷり入った酢《す》で漬《つ》けたピクルスも……用意された料理はどれも本当に美味しかった。

「なんだか、日本に帰りたくなくなりそう」

オレはラズベリーのスパークリングワインを飲みながら、陶然としてしまう。

「サンクト・ロマノフって、本当にいい国だよね」

うっとりとため息をつき……それから自分の頬《ほお》がちょっと熱いことに気づく。

「あ……もしかしてちょっと酔《よ》ったかも？」

ラズベリーのスパークリングワインは、とてもいい香りはするけれど、甘さはほとんどなくさっぱりとしていた。だからオレはついつい飲み過ぎてしまっていて……。

隣《となり》に座っていた彼が、オレを振《ふ》り向く。

「たしかに目元が少し赤い」

「本当に？　あなたはさっきからウォッカを飲んでるけど、全然変わってない。全然酔ってないの？」

オレが聞くと、彼はオレを真っ直《す》ぐに見つめて動きを止める。

「何、何？　もしかして、顔に出ないだけで、本当は酔って朦朧《もうろう》としてる？」

「いや……ああ、そうだな」

彼はそのサファイヤ色の瞳《ひとみ》でオレを見据《みす》えたまま、どこか呆然《ぼうぜん》とした声で言う。

「私は酔っているのかもしれない。……君に、キスがしたい」

彼の突然《とつぜん》の言葉に、オレは本気で驚《おどろ》いてしまう。

「な、何言ってるんだよ？」

彼の手が、オレの手からグラスを取り上げる。自分の分とまとめて、ローテーブルの上に置いてしまう。彼がオレの方に手を伸《の》ばし、彼の大きな手のひらがオレの後頭部にかかる。

「ちょっと待って！　もしかして本当にそうとう酔ってる？　しかも酔うとキス魔《ま》か？」

動揺《どうよう》している間に、彼の端麗《たんれい》な顔が近づく。逃《に》げたくても後頭部をしっかりと支えられて、逃げられなくて……。

「……ん……っ」

微《かす》かに触《ふ》れ合った唇《くちびる》。鼓動《こどう》がどんどん速くなって、胸が甘く痛んで、なんだか泣いてしまいそう。

……ああ、これ、オレのファーストキスなのに……。

オレは思うけれど、まるで強い媚薬《びやく》でも飲んだかのように身体が痺《しび》れて動けない。

……どうして、男にファーストキスを捧《ささ》げちゃってるんだよ、オレ？

彼のもう片方の手が、オレの腰《こし》をぐっと強く抱《だ》き寄せる。触れ合っただけだったはずの唇が、そのままさらに深く重なってくる。

「……んん……っ」

彼の唇は見た目よりも柔《やわ》らかくて、そしてとてもあたたかい。オレの唇と深く重なり、そしてふと離《はな》れる。解放されると思った瞬間《しゅんかん》、角度を変えて、今度はもっと深く重なってくる。

「……ん、んん……っ」

彼の濡《ぬ》れた舌が、オレの唇の形を辿《たど》る。そのとてもセクシーな感触《かんしょく》に、全身から力が抜《ぬ》け、支えを失ったら後ろに倒《たお》れてしまいそう。

「……あ……」

唇がそっと離れ、彼の端麗な顔が、オレを真っ直ぐに覗《のぞ》き込んでくる。美しいサファイヤ色の瞳がふいに獰猛《どうもう》に煌《きらめ》いた気がして、鼓動がますます速くなる。

……どうしよう？　本当なら「イヤだ」って逃げるべきだ。なのに……。

「……あ……っ」

どうしても動けないでいるうちに、彼の顔が一気に近づく。唇がとても深く重なり合い、わずかに開いてしまっていた上下の歯列の間から、何かがオレの口腔《こうこう》に滑《すべ》り込んでくる。

「……ん、く……っ」

オレはあまりのことに混乱し、でも生まれて初めての深いキスがとても甘くて、陶然としてしまう。

……ああ、どうして逃げられないんだろう……？

それどころか、濡れた舌で舌を搦《から》め捕《と》られて、身体《からだ》の奥が熱くなってくる。彼の舌はオレの上顎《うわあご》をくすぐってオレを震《ふる》えさせ、舌を淫《みだ》らに舐《な》め上げてきて……。

……どうしたんだろう？　キスをされるだけで、身体が痺れてくる。

「……ん……っ」

とても近くにいるせいか、彼の香りがオレをふわりと包み込んでいる。爽《さわ》やかな針葉樹、若々しい柑橘類《かんきつるい》、そして……今は少し強く感じてしまうムスク。

……あ……。

オレの身体の奥で、何かが甘く疼《うず》いた。

……どうしよう、オレ……？

オレの脚《あし》の間に、甘い熱がじわじわと集結してくる。

……なんで、男とのキスで感じちゃってるんだ……？

スラックスと下着の下で、オレの屹立《きつりつ》が頭をもたげ始めているのが解《わか》る。

……ああ、やばい、勃《た》ちそう……。

このまま密着していたら、彼に気づかれそうだ。

「……も、じゅうぶんだろ……っ？」

オレは慌《あわ》てて手を上げて彼の胸に両手をつき、そっとその身体を押しのける。そして彼を見上げる。

「……どうして、キスしたくなったの……？」

唇から、かすれた声が漏《も》れる。彼はオレを見つめたまま、しばらく考えるように黙《だま》る。それから、

「どうしてだろう？　私にもわからない」

自信に満ちた彼らしくない、呆然とした声。

「なぜか、キスがしたくなった」

「……そんな……」

本当は怒《おこ》りたいのに、なぜか怒れない。それどころか身体が熱を持ってしまって、どうしようもない感じ。

「これが、初めてのキスだった？」

気遣《きづか》うように聞かれて、オレは真っ赤になってしまいながらキッと彼を見上げる。

「べ、別に！　そんなわけないだろ！　オレだって二十歳過ぎてるんだぞ！」

そして思わず叫んでしまう。

「キスなんかされたって、全然どうってことないし！」

彼はオレを見つめ、それからその唇にふと笑《え》みを浮《う》かべる。

……もしかしたら、オレがキスすらしたことがないって気づかれただろうか？　二十歳過ぎてキスも未経験って、おかしいかな？

オレはバカにされるのを覚悟《かくご》して身構えるけど……。

「そうだ。明日から久しぶりに休暇《きゅうか》が取れたんだ。よかったら、一緒《いっしょ》に遠出をしないか？」

あまりにも意外だったミハイルの言葉に、オレは驚いてしまう。

「と……遠出？」

「そう。せっかくサンクト・ロマノフに来たのだから、郊外《こうがい》のホテルに行き、そこを拠点《きょてん》にして氷原に出ようかと思っている。運がよければオーロラが見えるかも知れない」

その言葉に、鼓動が速くなる。

「楽しそう！　オーロラって、すごく憧《あこが》れてたんだ！」

オレが叫《さけ》ぶと、彼はにっこりと微笑《ほほえ》んでくれる。

「それなら出かけよう。我がサンクト・ロマノフの自然がいかに素晴《すば》らしいかを、君に体感させてあげるよ」

……ああ、キスされたんだから怒らなきゃいけないだろうに、どうしてほだされちゃってるんだ、オレ？

◆

次の日、オレとミハイルは昼近くまでぐっすり眠《ねむ》り、ランチを食べてからリムジンで郊外に向かった。とても可愛《かわい》らしいロッジ風のホテルに到着《とうちゃく》して部屋で休み、ディナーを食べた後で出かけることにする。オーロラが見えるピークは真夜中らしいんだ。

「うわあ、トナカイのソリ！」

ホテルの庭に出たオレは、そこに停《と》まっていたものを見て驚《おどろ》きの声を上げてしまう。

「トナカイなんて、初めて見た！」

庭に待機していたのは、三台のソリ。そのそれぞれに二頭ずつ、大きなトナカイがつながれている。今から氷原に行くんだと思うとわくわくしてくる。

オレは、屋外でオーロラを観察するために、ミハイルが用意してくれた完全防備の防寒ウェアで臨《のぞ》んでいる。

スキー用のタートルネックの防寒シャツの上に分厚いアーガイルセーターを重ね、さらに襟《えり》元《もと》に白い毛皮のついた丈《たけ》の長い白のダウンコートを着ている。ふわふわの上等のダウンがたっぷりと詰《つ》まった、軽くて最高にあったかいコート。万が一の時のために、ポケットには位置情報を発信する小型のGPS携帯《けいたい》電話が入っている。電話として使えるだけでなく、地図や天気の情報が見られるみたいですごく便利そうだ。

頭に被《かぶ》っているのは、白い毛皮で作られた帽子《ぼうし》。両側に毛皮でできた垂《た》れがついていて、耳をしっかりと保護してくれる。

手にはカシミアの手袋《てぶくろ》をはめ、さらに内側に毛皮のついた厚手の白い防寒手袋。しもやけ防止のためにスキー用の靴下《くつした》を重ね、さらに防水のスノーブーツ。内側に毛皮のついたとても温かなもの。色はやはり白。

全身真っ白になったオレは、もこもこしてなんだか冬の小動物みたい。「雪の中で見失うといけない」と言ってミハイルが真っ赤なマフラーを巻いてくれて……なんだか今度は首輪をしたペットみたいになってしまった。

そして黒のスキーパンツに黒のダウンコート、帽子や手袋、防寒ブーツなんかの小物もすべて黒で統一した彼は、いかにも雪山に慣れていそうでやけに格好いい。

初めて見たトナカイは、形は鹿《しか》に似ているけれど、それをもっとがっしりとさせ、枝分かれした立派な角をつけたような動物だった。毛皮は全体が濃《こ》い茶色《ちゃいろ》で、胸元《むなもと》から顔にかけてが薄《うす》いグレイのグラデーション。寒い場所に住んでいるためか、毛皮はもふもふと分厚くてすごくあったかそう。角もベルベットみたいな白い産毛《うぶげ》に覆《おお》われていて、触《さわ》ったらすごく気持ちがよさそうだ。彼らは柔和《にゅうわ》な黒い目をして、もらった乾燥餌《かんそうえさ》をむしゃむしゃと食べている。

「すごく可愛い。けど……ちゃんと言うことを聞くの？　野生のイメージが強くて、サンタさんのソリはただのお伽噺《とぎばなし》だと思ってた」

「私の国ではトナカイは昔から家畜《かちく》として飼いならせる動物とされている。温和だし、馴《な》れるととても可愛らしい」

「へえ、そうなんだ。でも、日本じゃ絶対にトナカイのソリなんか乗れないから、それもまた貴重な体験だよ」

トナカイの後ろにつながれたソリは、雪遊びをする時に使うような簡単なものではなく、クリスマスカードのサンタが乗っているような大きなもの。前に御者《ぎょしゃ》用の席、後ろには観光客用らしいしっかりとしたシートが備え付けられている。屋根がないからかなり厚着をしないといけないだろうけど、ものすごく楽しそう。

「大公殿下、今年もお越しくださいましたね。お待ちしておりました」

防寒具に身を包んだ御者さんがミハイルに言い、それからオレを見下ろしてにっこり笑う。

「こんばんは。オーロラは初めてですか？」

彼の問いに、オレは慌てて頷《うなず》く。

「初めてです。すごく楽しみです……けど……」

オレは言い、それからふとあることを思い出す。

「そういえば、オーロラを見るには氷原で三泊《ぱく》四日くらいするってテレビでやってました。やっぱりそれくらいかかるんですか？」

「運と、見る場所によります。オーロラが出にくい場所では長時間かけて氷原に出て、さらに何泊もしてオーロラを待ちます。それはそれで楽しい体験ですけれどね」

彼は言いながら、オレの手をとってソリに乗せてくれる。ミハイルが乗り込んできて隣《となり》に座ると、御者さんは二人の足の上にふかふかの毛皮をさらにたっぷりとかけてくれる。そしてソリに備え付けられた簡単なシートベルトで、二人の腰《こし》を固定してくれる。

「オーロラが見える場所までは、ここから三十分ほど。少しだけ雲がありますが、きっと到着する頃《ころ》には綺麗《きれい》に晴れるでしょう。なんせ、ミハイル様がご一緒だ」

御者さんは言い、首を傾《かし》げるオレに向かって片目をつぶってみせる。

「この国の元首様には、代々不思議な力が備わっているのです。ミハイル様が氷原に出た夜は、必ずとても美しいオーロラが出ます」

その言葉に、オレは驚いてしまう。

「そうなの？　すごい！……代々って事は、ミハイルよりもっと前の代の大公の時も？」

「はい。私の一族はここで代々トナカイを飼育し、依頼《いらい》があればソリを用意させていただいていますが、先代の大公殿下も、先々代の大公殿下も……歴代の大公殿下で氷原に出てオーロラをご覧になれなかった方はただのお一人もいらっしゃらなかった、代々伝わる帳簿《ちょうぼ》にそう記してあるのです」

「へえ……なんだかお伽噺になりそう。サンクト・ロマノフって自然が豊かですごく綺麗な国だから、そこを治める元首も不思議な力があるのかなあ？」

オレはちょっと感動しながら言う。そして分厚い毛皮の手袋の下、オレの左手の薬指にしっかりとはまっている指輪の存在を思い出す。

……もともとそういうファンタジックなことが好きな国民性なのかもしれない。イワノフさんとか、この指輪の伝説、本気で信じていそうだし。

オレは思わず微笑んでしまいながら、横に座るミハイルを見上げて、

「じゃあ、あなたの力でオーロラを出してもらえるんだね。期待しちゃおう」

オレが言うと、ミハイルは不敵な顔で微笑む。

「もしも私の力でオーロラを出せたとしたら、御礼《おれい》に何をくれる？」

「えっ？」

オレは少し考え、それから、

「オレみたいなただの庶民《しょみん》が、本物の元首であるあなたにあげられるものなんか、何かあるかな？　ええと……なんでも一つ命令していいよ。なんでも言うことを聞く」

言うと、彼は小さく笑う。

「それは楽しみだ。……何がいいか、考えておく」

「じゃあ、もしもオーロラが見られなかったら、あなたはオレに何をくれる？」

彼は笑《え》みを深くして答える。

「君が望むもの、なんでも」

その笑みがやけに優《やさ》しく見えて、オレの鼓動《こどう》がいきなり速くなる。

「もしかしたら、すごいことを言うかもしれないよ？　領土の半分をくれとか」

「もちろんあげる。ただ、元首の仕事はとても面倒《めんどう》で忙《いそが》しいよ？」

彼の言葉に、オレはため息をつく。

「なんで簡単にあげるとか言うのかなあ？　オレが悪い人だったらすごく危ないよ！」

オレの言葉に、ミハイルはクスリと笑う。

「ご忠告をありがとう。君は本当に面白《おもしろ》い子だな」

いつもの意地悪そうな笑みじゃなくて、本気で可笑《おか》しそうな顔。形のいい唇《くちびる》から覗《のぞ》く真っ白な歯。なんだか少年みたいな微笑《ほほえ》みに、オレの鼓動がさらに速くなる。

……意地悪かと思って構えていれば、いきなりこんな顔をする。こういうのは反則だぞ。

オレの頬《ほお》がふわりと熱くなる。

……なぜだか解《わか》らないけど、そのギャップにドキドキするじゃないか！

「それでは、出発いたします」

御者さんが言い、ソリがゆっくりと滑《すべ》り始める。振《ふ》り返ると、SP達が二人ずつ乗ったソリも、一定の距離《きょり》を置いて後ろからついてくる。彼らは大柄《おおがら》だからちょっと心配だったけれど、トナカイ達はすごい力持ちみたいで悠々《ゆうゆう》と走っている。

オレの体重が軽いせいか、オレ達のソリを引くトナカイ達はさらに楽そうだ。気分よさそうに走り、だんだんスピードが上がってくる。

「うわ、かなりエキサイティングな乗り物だった！」

オレは思わず叫《さけ》ぶ。ジェットコースターみたいに手すりがあればいいけれど、ソリではそうもいかない。身体《からだ》が不安定に揺《ゆ》れてけっこう怖《こわ》い。ソリの縁《ふち》につかまると、外に転げ落ちそうだし……。

「大丈夫《だいじょうぶ》か？　こっちへ」

ミハイルが言って、オレの肩《かた》に腕《うで》を回す。

「……う……」

そのままグッと引き寄せられて、オレの身体が彼の身体に密着する。彼の芳香《ほうこう》が鼻孔《びこう》をくすぐって、オレは真っ赤になってしまう。だって、これじゃあまるで恋人《こいびと》同士みたいで……。

……だけど……。

二人が真ん中に寄り、密着したことで、ソリの安定がよくなったみたい。怖さがだいぶ和《やわ》らぎ、そしてオレはソリを楽しむことができるようになる。

「だんだん慣れてきたよ。楽しいかも」

オレが言うと、彼はオレの頭の上でクスリと笑って、

「この方が安定がいい。しばらくこのままで。疲《つか》れてしまうから、身体から力を抜《ぬ》いて」

言って、さらにぐっとオレの身体を引き寄せる。分厚いダウンコートに包まれた身体。密着していると二人の体温が混ざり合うみたいで、さらにあたたかくなる気がする。

「う、うん。わかった」

オレは言い、力を抜いて彼に身を預ける。彼のがっしりと逞《たくま》しい身体はオレをしっかりと受け止めてくれて……なんだかすごい安心感。

見渡《みわた》す限《かぎ》りに広がる、神秘的な夜の氷原。聞こえるのは、トナカイが立てる規則的な足音と、ソリが雪の上を滑る音。そして……。

チラリと見上げると、雪明かりに照らされたとても端麗《たんれい》な彼の横顔。彼はオレの視線に気づいたのか、ふいに見下ろし、その形のいい唇に微《かす》かな笑みを浮《う》かべる。

「落ち着いてきた？」

囁《ささや》くようなその声がすごく優しく聞こえて、オレの鼓動がまた速くなる。

「うん。もう大丈夫」

オレが言うと彼はうなずき、いい子だ、とでもいうようにオレの二の腕を軽く撫《な》でてくれる。

彼の胸に頭を預けながら、オレは不思議なほど身体が熱いことに気づく。

……こんなに美しい氷原で、こんなに麗《うるわ》しい彼の腕の中にいる。

オレは彼の香《かお》りに包まれながら、陶然《とうぜん》と思う。

……もしもオレが女の子だったら、絶対に恋《こい》に落ちてるよ……。

◆

トナカイのソリはそれから三十分ほど走り、氷原の真ん中でゆっくりと止まる。

ソリの御者《ぎょしゃ》さん二人が、ソリから下ろした簡易テントをいくつか広げ始める。もう一人の御者さんはソリからトナカイを外し、雪の上に突き出した杭《くい》に手綱《たづな》を縛《しば》り付けている。どうやらこの杭が、休憩所《きゅうけい》の印らしい。ずっと走ってきたせいで暑いらしく、トナカイ達の吐《は》く息は真っ白。さらに身体からも湯気が上がってる。彼らは水と乾燥餌《かんそうえさ》をもらい、乾《かわ》いた布で身体を拭《ふ》いてもらって気持ちよさそうだ。

「ミハイル様、テントの準備ができました。オーロラが出たらすぐにお呼びしますので、ひとまず中で休憩なさって下さい」

　御者さんが呼びに来て、オレとミハイルはテントに案内される。二人座ればいっぱいって感じの小さなテントだけど、オーロラが出たら解るようにか、天井《てんじょう》に近い部分が透明《とうめい》のビニールになっている。地面に敷《し》かれた防水シートの上にさらに毛皮が重ねられていて、真ん中にバッテリー式のランタンが置いてある。オレンジ色の光に照らされたそこは、すごく居心地《いごこち》がよさそうだ。オレとミハイルはそこに入り、毛皮の上に腰《こし》を下ろす。

「失礼いたします」

　御者さんの声がして、テントの入り口が開かれる。彼は湯気の立つホウロウ引きのマグカップを二つ、手に持っていた。コーヒーのいい香りが、ふわりとテントの中に広がる。オレは慌《あわ》てて立ち上がり、それを受け取る。

「ミハイル様はブラックですよね？　カズマ様、ミルクとお砂糖は？」

「あ、一つずつ。……どうもありがとう」

　彼はスティック状になった粉クリームと砂糖をカップの一つに入れ、プラスティックのスプーンをビニールから出してそれで混ぜてくれる。

「オーロラが出るまで、まだ少しかかりそうです。それまでごゆっくり」

　彼は言いながら、テントを出ていく。

「あったかい。すごくありがたいかも」

オレはカップの一つをミハイルに渡《わた》し、クリームの入っている方を持って彼の隣《となり》に座る。

ここまで来る間にけっこう冷えていたらしくて、熱いコーヒーを飲むだけで身体がとてもあたたまるのを感じる。

「……うう、美味《おい》しい……！」

オレは心から言い、ホッとため息をつく。上を見上げると、テントの透明になった部分から暗い空が見えている。

「あなたは、毎年来てるの？　もしかして、子供の頃《ころ》から？」

「そうだ」

ミハイルは言って、ちょっと昔を思い出すような遠い目をする。

「父はオーロラが好きで、毎年その季節になると私と母をこうして氷原に連れ出してオーロラを見せてくれた。父母の死後も、この季節になるとどうしても氷原に出てオーロラを見なくては、という気持ちになる」

彼の口調に微かな寂《さび》しさが滲《にじ》んでいた気がして、オレはドキリとする。

「優しいご両親だったんだね」

オレが言うと、彼は遠くを見たまま唇の端《はし》に笑みを浮かべる。

「そうだな。二人ともとても忙《いそが》しかったのだが、いつも優しくしてくれた。私はきっと幸運な子供だったのだろう」

「だからあなたは優しいんだね」

オレが言うと、彼は本気で驚《おどろ》いたように目を見開く。

「優しい？」

「うん。もしかしてクールな大公を演じてるのかも知れないけど……あなたはすごく優しい。なんだかどきどきするくらい」

サファイヤ色の瞳《ひとみ》で見つめられ、オレは思わず目をそらす。昨夜のキスが脳裏《のうり》をよぎり、なんだかこの場で蕩《とろ》けてしまいそう。

……あれは酔《よ》ってしただけのキス。彼にとってはただのちょっとした遊びみたいなものだ。

オレは頬が熱くなるのを感じながら思う。

……でも、オレ、どこかがおかしくなってしまったみたい。見られるだけでこんなにどきどきするなんて。

ミハイル・サンクト・ロマノフ

「父はオーロラが好きで、毎年その季節になると私と母をこうして氷原に連れ出してオーロラを見せてくれた」

氷原のテントの中、私は隣に座った和馬に言う。テントの中に漂《ただよ》うコーヒーの香りが、さらに思い出を鮮《あざ》やかにする。

「父母の死後も、この季節になるとどうしても氷原に出てオーロラを見なくては、という気持ちになる」

父母の突然《とつぜん》の死後、即刻《そっこく》元首の地位を継《つ》がなくてはいけなかった私には、彼らの死を悼《いた》む暇《ひま》などなかった。国中が喪《も》に服す中、息子《むすこ》である私だけは慌ただしく仕事をこなし、たくさんのものを引き継ぐ準備をしていた。何日も一睡《いっすい》もせず、各国の大統領や首相《しゅしょう》、王族に電話を続け、国葬《こくそう》の手続きをし……国葬に参列した時にはすでに悲しみに浸《ひた》るエネルギーなどなかった。世界中の報道番組が私の疲《つか》れ果てた横顔のアップをトップニュースにし、「悲しみで憔悴《しょうすい》した若き大公」と報道したが、そうではなかった。私はただ、疲れていただけなのだ。

そのせいか、私は二人の死が未《いま》だに信じられない。そして涙《なみだ》一つ流すことのできなかった冷《れい》酷《こく》な自分を、未だに悔《く》いている。

「優《やさ》しいご両親だったんだね」

隣から聞こえた和馬の微かな声。それがとても優しくて、思わず笑《え》みを浮かべる。

「そうだな。二人とも公務でとても忙しかったのだが、いつも優しくしてくれた。私はきっと幸運な子供だったのだろう」

……そうだ。二人はあれほどに私を想《おも》い、尽《つ》くしてくれていた。なのに涙一つ流せなかった私は、とても冷たい息子で……。

「だからあなたは優しいんだね」

彼の言葉に、私は本気で驚いてしまう。振《ふ》り返って、和馬の顔を見つめる。

「優しい？」

「うん」

和馬はうなずき、心がふわりとあたたかくなるような本当に優しい笑みを浮《う》かべる。

「もしかしてクールな大公を演じてるのかも知れないけど……あなたはすごく優しい。なんだかどきどきするくらい」

潤《うる》んだ黒い瞳で私を見つめ……それから頬《ほお》を微《かす》かに染めて目をそらす。

……ああ、私はどうしたというんだろう？

私は彼の美しい横顔に見とれてしまいながら思う。

……男の彼を……こんなにも愛《いと》おしく思ってしまうなんて。

テントの外から声がして、入り口が外側から開かれる。御者が笑みを浮かべながら、

「失礼いたします！」

「オーロラが出ました！」

「本当に？」

和馬が弾《はず》んだ声で言って立ち上がり、微笑《ほほえ》んだまま私を見下ろす。

「あなたの勝ちだ。帰ったら、あなたの命令を一つ聞かなきゃ」

そう言い、まるで野生の牡鹿《おじか》のように身軽な仕草でテントを飛び出していく。ふわ、と香《かお》るのは、絞《しぼ》り立てのレモンとハチミツを混ぜたような、とても甘い彼の香り。

私は立ち上がりながら、ふと自覚する。

……私は、彼に恋《こい》をしてしまったのかもしれない……。

「ミハイル！　早く！」

テントから少し離《はな》れた場所で、和馬が私を呼んでいる。私は彼の隣《となり》に立ち、そして上を見上げる。

……ああ……あの頃と同じ……。

天空を覆《おお》い尽くすのは、美しい虹色《にじいろ》のカーテン。風にそよぐようにふわふわと揺《ゆ》れながら、

刻一刻と色を変化させ、信じられないほど幻想的《げんそう》な景色を私達に見せてくれる。

「……すごい……」

隣に立った和馬が、陶然《とうぜん》とした声で呟《つぶや》く。

「……たくさんの綺麗《きれい》な美術作品を見てきたけど……やっぱり、どんな天才が作った作品でも、神様が作った物には敵《かな》わないんだね」

彼の甘く澄《す》んだ声が、まるで媚薬《びやく》のように私の身体《からだ》をゆっくりと痺《しび》れさせる。

「……こんな美しい物が見られるなんて、オレは信じられないくらい幸運だよ」

彼は天を見上げながら囁《ささや》き……それからふと隣に立つ私を見上げる。

「……オレ、これを見せてくれたあなたに、本当に感謝するよ」

煌《きら》めくような笑み、優しい言葉。私の心臓を、細い鎖《くさり》が甘く締《し》め上げる。

昨夜、酔った振りをして無理やりに奪《うば》ったキス。

彼の唇《くちびる》は蕩けそうに柔《やわ》らかく、その小さな呻《うめ》きは、私の理性を吹《ふ》き飛ばしそうに甘かった。

彼といるだけで速くなる鼓動《こどう》、身体の奥から湧《わ》き上がる欲望《よくぼう》、甘く苦しい愛おしさ。

……ああ、私はやはり、この青年を愛してしまっているんだ……。

石川和馬

「ああっ！　もう凍《こご》えそうっ！」

　ホテルの部屋に入りながら、オレは思わず叫《さけ》ぶ。

「あ……あなたが先に入ってきていいから……っ」

　オレは言うけれど、あまりの寒さに歯が鳴ってしまっている。雪まみれのコートを脱《ぬ》がなきゃと思うけれど、身体が震《ふる》えて手袋《てぶくろ》を外すことすらできない。

「だめだ。一緒《いっしょ》に入ろう」

　言いながら、彼は大理石の床《ゆか》の上に雪まみれのダウンコートを脱ぎ捨てる。彼はそのまま着ている服をどんどん脱いで床に落としていく。

「早く脱ぎなさい。凍えてしまう」

「……待って、一緒にお風呂《ふろ》に入るなんて……っ」

「強情《ごうじょう》だな。そんなことを言っている間に凍えてしまうぞ」

　彼はため息混じりに言い、いきなりオレの身体を抱《だ》き上げる。オレはそのままバスルームに運ばれ、脱衣室《だつい》の石張りの床に下ろされる。帰る時間に合わせてくれたのか、ガラスドアの向こうに見えるジャグジーにはあたたかなお湯がたっぷりと張られて、盛大に湯気を上げている。脱衣室はふわりとあたたかく、オレはまだ震えながらもホッとため息をつく。

「さっさと脱げ。そのまま入るつもりか？」

彼は言いながら、タートルネックのセーターと、黒いスキーパンツを次々に脱ぐ。

……うわ……！

彼が身につけているのは、格好いい黒のボクサーショーツだけだった。いきなり露《あら》わになった彼の身体にオレは思わず目をそらそうとして……だけど、なぜかどうしてもそれができない。

男らしいがっしりとした骨格、寸分の隙《すき》もなく鍛《きた》えられた美しい筋肉。そしてうっすらと陽《ひ》灼《や》けした滑《なめ》らかな肌《はだ》。位置の高い腰《こし》と、とても長い脚《あし》。まるでグラビアモデルのような完璧《かんぺき》なその身体に、オレは思わず見とれてしまう。

……ああ、何やってるんだ、オレ？

洗面台の下に置かれた籐《とう》の籠《かご》に服を放り込んだ彼は、オレの視線に気づいたようにふと目を上げる。

……うわ、見とれてるの、バレた？

「まったく、世話の焼ける子だ」

彼が言い、まるで果物《くだもの》の皮でも剝《む》くように、オレの身体からどんどん服を脱がせていく。

「下着くらいは自分で脱げるだろう？」

彼は言い、何の躊躇《ちゅうちょ》もなく自分の下着を脱ぎ捨てて籐の籠に放り込み、そのままバスルームに入っていく。ものすごく格好いい、キュッと上がった小さなお尻《しり》の残像が残ってしまい、オレは一人で真っ赤になる。

……ああ、なんでこんなことになったんだろう……。

「くしゅん！」

いきなりくしゃみが出て、身体に震えが走る。

……考えている暇はない！　風邪《かぜ》を引いてしまう！

オレは思いきって下着を脱ぎ捨て、彼の真似《まね》をして籠に放り込む。

……どっちにしろ、二人とも男なんだ！　何も恥《は》ずかしがることはない！

オレは勢いをつけてバスルームのドアを開き、中に踏《ふ》み込む。バスルームの一角に、ガラスで仕切られたシャワーブースがあり、彼はそこでシャワーを浴びていた。

ガラス越《ご》しに見えるのは、そのまま写真集にしてもおかしくないような、完璧に美しい彫刻《ちょうこく》みたいな身体。自分のいまいち情けない体型を思い出して、オレは赤くなる。

……このままジャグジーに飛び込めば、見られなくてすむし……。

「先にシャワーを」

ジャグジーの方にこっそり向かおうとしていたオレは、後ろから声をかけられてギクリとして足を止める。振《ふ》り返ると、シャワーブースから出てきた彼が、ドアを開けてくれていた。

オレは彼の下半身を見ないように気をつけながら、シャワーブースに向かう。彼はオレの顔を真っ直《す》ぐに見つめていて、身体をじろじろ見られていないことに、オレは少し安心する。

「あ、ありがとう」

言いながら彼の脇《わき》をすり抜《ぬ》けて、シャワーブースに入る。出したままにされていたシャワーの雨の中に入り、そのあたたかさにホッとしてため息をつき……。

「うわあっ！」

思わず声を上げてしまう。ジャグジーに行くとばかり思っていた彼が、オレの隣《となり》に入ってきたからだ。とても狭《せま》いシャワーブースに、男二人。ちょっと気を抜くと身体が触《ふ》れ合ってしまいそうだ。

「なんで入って来るんだよっ？」

オレは泣きそうになりながら叫ぶ。彼は平然とした口調で、

「まだ、髪《かみ》も身体も洗っていない。少し狭いが我慢《がまん》してくれ」

彼は言いながら、壁《かべ》に設置された棚《たな》からシャンプーのボトルを取る。

「目を閉じて」

彼は囁き、濡《ぬ》れたオレの髪にシャンプーを垂らす。慌《あわ》てて目を閉じると、彼の大きな手が髪をそっと洗ってくれる。気持ちよさに思わず恥ずかしさを忘れそうだ。

彼はシャワーノズルを壁のフックから外し、お湯でオレの髪についた泡《あわ》を綺麗に洗い流してくれる。ノズルをフックに戻《もど》すと、置いてあった海綿にボディーシャンプーを垂らし、たっぷりと泡を立ててからオレに渡《わた》してくれる。

「身体を洗って。自分で洗える？」

「あ、洗えるってば、もちろん」

オレは海綿を受け取り、たっぷりの泡で身体を洗う。彼は自分の髪を手早く洗い、シャワーのお湯で泡を流す。ずぶぬれになってもますますセクシーなところが、ちょっと憎《にく》らしい。

……ああ、どうして彼とこんなことをしてるんだろう？

自覚したら、なぜか身体の奥がずきりと痛む。動揺《どうよう》して身体の向きを変えようとして……泡だらけだったせいで足の裏がタイルの上で滑《すべ》る。

「……うわ！」

転びそうになったオレを、彼の腕《うで》がしっかりと抱《だ》き締める。

「……あっ！」

彼の逞《たくま》しい身体《からだ》に、オレの屹立《きつりつ》が一瞬《いっしゅん》押しつけられる。オレの屹立は、恥ずかしいことに何かを求めるように反り返ってしまっていた。彼が驚《おどろ》いたような顔をし、勃起《ぼっき》していたことを知られてしまったのだと悟《さと》る。

「……あ……これは……違《ちが》う……」

オレは真っ赤になりながら、慌てて言う。

「……別に、あなたと密着してるから勃《た》ったわけじゃなくて……このところ、あなたと一緒のベッドだったから、マスターベーションできなくて……だから……」

……ああ、オレ、何を言ってるんだ？

「……ちょっと溜《た》まっちゃっただけなんだ。ごめん、オレ、トイレで……」

シャワーブースを出ようとしたオレの腕を、彼の手がしっかりと握《にぎ》り締《し》める。

「凍えてしまう。まだ出てはだめだ」

「そんな……でも、オレ……」

オレの屹立は、なぜかさらに反り返り、先から蜜《みつ》まで垂らしてしまってる。

……ああ、なんでこんなに硬《かた》くなっちゃってるんだよ、オレ……？

「オーロラが出たら、なんでも一つ命令をしていい……さっきそう言ったね？」

いきなり言われて、オレは呆然《ぼうぜん》とする。

「い、言ったけど……」

「それなら一つ命令する」

彼はオレの腰《こし》に手を回し、オレの身体を引き寄せて囁《ささや》く。

「……君がイクところが見たい」

「えっ？」

「感じて、イクところを、見せてくれ」

彼の手が滑り降りて、いきなりオレの屹立を握り込む。

「……うわっ！」

誰《だれ》かに触れられるなんて初めて。しかも相手が男だなんて、想像したこともなかった。

「……待って、そんな……ああっ！」

泡に濡れたオレの屹立が、彼の手でヌルヌルと扱《しご》き上げられる。

「……や、やめ……ああ……っ」

「これは命令だ。おとなしくして」

彼が囁いて、オレの髪にそっとキスをする。キュッと扱き上げられ、親指で張りつめた先端《せんたん》にヌルリと蜜を塗《ぬ》り込められて……気絶しそうな快感が走る。

「……ああ……そこ……ダメ……っ」

あまりの快感に、オレはもう抵抗《ていこう》するどころか、立っているのがやっとだ。彼の身体にすがりつくようにして、かぶりを振る。

「……ああ……もう……オレ……っ」

「イキそうか？」

耳元で囁かれ、オレの身体に甘い電流が走る。

「……ん……イキそう……ああっ」

ひときわ強く扱き上げられ、オレの背中が反り返る。仰向《あおむ》いたオレの唇《くちびる》に、深く重なってくる、彼の唇。強引《ごういん》に押し入ってくる熱い舌。

「……んん、うう……！」

あたたかな雨の下、舌で思うさま口腔《こうこう》を犯《おか》され、手のひらで獰猛《どうもう》に屹立を愛撫《あいぶ》される。

……ああ、初めてなのに、こんなこと……！

オレは羞恥《しゅうち》で死にそうになりながらも、もう抵抗なんかできなくて……。

「……あ……んんーっ！」

淫《みだ》らな音を立てて舌先を吸い上げられ、強く側面を扱かれて……オレの全身を激しい電流が貫《つらぬ》いた。

オレの先端から、ビュクッ、ビュクッと白濁《はくだく》が迸《ほとばし》った。それは驚くほど激しい勢いで飛び、オレの身体だけでなく、顎《あご》までも濡らす。きっと、密着している彼の身体もオレの蜜で汚《よご》れてしまっただろう。

「……あ……」

恥《は》ずかしさに喘《あえ》ぐオレに、彼はもう一度キスをする。

「気持ちがよかった？　とてもたくさん出したようだが」

囁かれ、オレはもう抵抗できずにうなずいてしまう。彼は小さく笑って囁く。

「とてもいい子だ。素直《すなお》な君はとても可愛《かわい》い」

昨夜、あまりの快感に気絶しそうだったオレは、彼に抱《だ》き上げられ、ジャグジーに運ばれた。そしてしっかりと抱き締められたまま、ジャグジーに浸《つ》かった。

すっかりあたたまったオレはベッドに運ばれ、また彼の腕に抱かれるようにして、ぐっすりと眠《ねむ》ってしまった。ベッドが一つだけの王宮の部屋ならともかく……ここのホテルではツインルームに宿泊《しゅくはく》してた。だから朝になったら彼はもう一つのベッドに移っているかと思ったんだけど……彼は眠った時と同じ姿勢で、オレを抱き締めたままでいてくれた。顔を見つめられ、間近に「おはよう」と囁かれて、オレは思わず真っ赤になってしまった。だって寝起《ねお》きの彼はなんだかものすごくセクシーで……。

彼の指で愛撫され、熱いキスをされながら放ったことを思い出す。

彼はきっと、しばらく出してなかったせいで欲求不満《よっきゅうふまん》になった若いオレを気の毒に思って、マスターベーションの延長みたいにオレをイカせてくれたんだと思う。きっとすぐに忘れるだろう。だけど……。

オレの身体が、あの快感を思い出すだけで、甘く痺《しび》れる。

……オレにとっては、あれは特別な行為《こうい》。忘れることなんか、できそうにないよ。

◆

オレとミハイルは、チェックアウトをするために、ホテルのフロントに向かっていた。

コートを着て、それだけじゃなくて手袋《てぶくろ》もしっかりはめている。『妃の指輪《きさきのゆびわ》』をしているのを誰かに見られたら、大騒《おおさわ》ぎになりそうだし。

エレベーターを降りたところで、ロビーにいるとても華《はな》やかな集団に気づく。色とりどりの服を着た妙齢《みょうれい》の女性達、中心にいるのは鮮《あざ》やかな赤のワンピースを着た、モデルみたいなすごい美人。彼女達は揃《そろ》ってとても優雅《ゆうが》で、いかにもお金持ちって感じだ。

「ようこそいらっしゃいました、ペデルコワ様！　お待ちしておりました！」

ベルキャプテンの声に、ミハイルがふとそっちを振《ふ》り返る。そしてそこにいた真っ赤なワンピースの女性もミハイルに気づき……。

「ミハイル！」

彼女がミハイルを呼び捨てにしたことに、オレはものすごく驚いてしまう。

……いったい、誰だ？　もしかして、昔の恋人《こいびと》とか？

彼女は友人らしき女性達に声をかけてから、ハイヒールを鳴らしてこっちに近づいてくる。

彼女はオレを見下ろして、

「まあ、もしかしてあなたが日本から来たお客様？　学生かしら？　可愛いわ」

言いながらにっこりと微笑《ほほえ》む。ミハイルが、

「カズマ、彼女は、ビクトーリア・ペデルコワ。私の従姉妹《いとこ》に当たる女性だ」

その言葉に、オレは不思議なほどホッとしてしまう。

……なんだ、親戚《しんせき》か。いや、オレがホッとすることはないんだけど……。

「ビクトーリア。彼はカズマ・イシカワ。日本から来ている大切な客人だ」

ビクトーリアと呼ばれた女性はにっこり笑って、

「『ミハイル様は、日本からきた青年とご一緒《いっしょ》で……』。イワノフから何度もそう聞いたわ。何度か王宮を訪ねたのに。その相手は、あなただったのね」

その言葉に、ミハイルがチラリと眉《まゆ》を上げる。

「王宮に？　イワノフからは聞いていないが、何か急用でも？」

「別に。議会にいるお祖父《じい》様に届け物をしたついでに寄っただけよ。気にしないで」

彼女が言った時、フロントでチェックアウトの手続きをしていた警護官が、ミハイルを振り返って合図をする。書類にミハイルのサインが必要なんだろう。

「少し待っていてくれ」

ミハイルは言って、フロントに向かう。

「カズマ。あなたにここで会えて本当によかったわ。言いたかったことがあるのよ」

ビクトーリアは優《やさ》しい笑《え》みを浮《う》かべながら言う。さすがにミハイルの従姉妹だけあって、ものすごい美人だ。

「なんですか？」

「この国の議員をしている私のお祖父《じい》様から聞いたわ。何か事情があって長期滞在《たいざい》しているみたいだけど、本当はただの観光客なんでしょう？　何が目的なの？」

笑顔とはまったく似つかわしくない冷たい声に、オレは呆然《ぼうぜん》とする。

「ミハイルはずいぶんあなたを気に入って、パーティーや氷原に連れていっているみたいだけど……次のパーティーで、ミハイルは結婚《けっこん》相手を決めるのよ。そのために、『妃《きさき》の指輪』が美術館の倉庫から王宮に運ばれたんだとも聞いたわ」

オレは手袋の下、左手の薬指に嵌《は》まっている指輪の重さを、ふと意識する。

……そうだ、理由がなくてわざわざ国宝を移動させるわけがない。指輪が持ち出されたのは、パーティーのためだったんだ。

「絶対に、私が公妃《こうひ》として選ばれる。観光客風情《ふぜい》が、彼の大切な時間を無駄《むだ》に使わせないで」

相変わらずの綺麗《きれい》な笑み、ほかから見たら、彼女はオレに優しく何かを話してくれているように見えるだろう。だけどその声は凍《こお》りそうに冷たく、言葉は突《つ》き刺《さ》さるように鋭《するど》い。

「さっさと国に帰りなさい」

彼女が吐《は》き捨てるように言った時に、ミハイルが戻《もど》ってきた。

「カズマ、この国の滞在を最後まで楽しんでね。……ミハイル、またパーティーで」

彼女は言い、友人達の方に戻っていく。オレは青ざめたまま、彼女の後ろ姿を見送る。

……オレはやっぱり、この国にいるべきじゃないんだ……。

ミハイル・サンクト・ロマノフ

和馬と一緒にいると、私はとても癒《いや》される。彼との時間は、私にとってはかけがえのないものになりつつある。

……私は、本当にどうしたというのだろう？

私はその気持ちの強さに、自分で驚《おどろ》いてしまいながら思う。

……いくら麗《うるわ》しく、魅力《みりょく》的でも、和馬は男。結婚できるわけがない。だが……。

「……君が、花嫁《はなよめ》候補ならいいのに」

私の唇《くちびる》から、ふいに本気の言葉が漏《も》れてしまう。

「えっ？」

和馬はとても驚いたように目を見開き、そのまま呆然と私を見つめる。

「今、なんて……？」

彼の言葉に、私はハッと我に返る。

「ああ、すまない。今夜の私は、どうかしているな」

私は前髪《まえがみ》をかき上げながら、ため息をつく。

……そうだ、どんなに愛《いと》おしく思ったとしても、男の彼を花嫁にできるわけがない。彼はいつかはどこかの女性と結婚をし、子供を作り、幸せな家庭を築くはずで……。

だが、そう思った途端《とたん》、心が焼けつくように鋭く痛む。

……ああ……本当に、私はいったいどうしてしまったというのだろう。

「ねえ、ミハイル。オレ、あのホテルでビクトーリアさんから聞いたんだけど……」

和馬が言い、遠慮《えんりょ》がちに言葉を切る。私はとても嫌《いや》な予感を覚えながら、

「何を聞いたんだ？」

「いや……次のパーティーは、あなたが花嫁を決めるためにひらかれるんだって。そのために、『妃の指輪』は美術館から運ばれたんだって」

彼は私から目を逸《そ》らして視線を落とし、なぜか泣きそうな顔でくすんと笑う。

「なのに、指輪がまだ外れないなんて、オレ、本当に迷惑《めいわく》だよね」

彼は言って、下を向いたままで微《かす》かなため息をつく。それから左手の薬指に嵌《はま》った指輪をそっと撫《な》でながら、

「これ、パーティーまでに外さなくちゃね。今日来てくれた職人さんによれば、指輪の手のひら側の部分をリングカッターを使って切って広げて、指から外すっていうことができるらしい。石が広範囲《こうはんい》にわたって留められているとちょっと難しいみたいなんだけど、これは上側に石が

集中しているから可能だって。もちろん、指輪の腕《うで》の部分は、すぐに修復することができるんだって」

その言葉に、私はドキリとする。

「指輪を……無理やり指から外すというのか？」

「執事《しつじ》さんやアダモフ博士はいざとなったらそれでも仕方がないんじゃないかって言ってた」

「君の指に危険はないのか？」

「その辺はなんとかしてくれるみたい。オレも自業自得《じごうじとく》とはいえ、痛いのはイヤだし」

彼はクスリと笑い、それから、

「もしも明日の夜になっても指輪が外れないようなら、それを実行するって。でも一日あればきちんと修復することができるから、パーティーには傷一つない指輪として生まれ変わるんだって」

彼は、まるでペットでも愛撫《あいぶ》するかのように、指輪のサファイヤをそっと指先で撫でながら言う。

「おまえにはちょっと可哀想《かわいそう》なことをしちゃうけど、すぐによくなって、本当のご主人様――ミハイルの奥さんになる女性――の指に嵌めてもらえるようになるからね。……ああ、そういえば……」

彼は言って目を上げ、宙を見つめながら言う。

「そうしたらオレ、日本に帰れるんだな。そして卒業式に出て、決まってる会社に就職する。……サンクト・ロマノフはまるでお伽噺《とぎばなし》の世界みたいに楽しくて、そういうこと、すっかり頭から抜《ぬ》けてたよ」

彼はクスリと笑い、ふと私を見つめる。

「でも、それがオレの現実なんだよね。……もうすぐあなたともお別れなんだね。なんだかちょっと寂《さび》しいけれど」

……和馬がいなくなる。そして私は執務《しつむ》だけに追われる毎日に戻る。

思っただけで胸がざわめき、心にぽっかりと大きな穴が開くような気がする。

「でも、あなたは寂しくなんかないよね。だって相手が決まったら結婚するんだもんね」

彼は私を見つめて、にっこりと微笑《ほほえ》む。

「オレ、きっとテレビであなたの結婚式《けっこんしき》を観《み》るよ。結婚式の時って、軍服みたいな正装をするんだよね？　想像するだけでドキドキする。きっとすごく素敵《すてき》だね」

彼は楽しげな口調で、

「結婚式っていつ頃《ごろ》なんだろう？　就職したら、初任給でDVDレコーダーを買うね。仕事が忙《いそが》しくて観られなかったら大変だし……」

彼は言い、それからなぜかふいに言葉を切る。

「そっかあ……あなたって本当は、それくらい遠い人なんだよね」

ビクトーリアからパーティーのことを聞いてから、オレはなぜかとても落ち込んでしまっていた。

「もうすぐ、おまえは別の女性の指に嵌《は》められるんだな。次こそ、ちゃんと本当の運命の人を選ばなきゃダメだぞ」

オレは左手の薬指にしっかりと嵌った指輪を見下ろす。指輪は本当に美しくて、情けなく細いオレの指まで、なんだかほっそりとしてすごく優雅《ゆうが》に見える。

「おまえに選ばれ、そしておまえを嵌めたまま一生を過ごせる人が……すごくうらやましい。もしもオレが女性で、彼の伴侶《はんりょ》として選ばれたのだったら、どんなに幸せか」

オレは胸が激しく痛むのを感じながら言う。

「でも、オレは男だし、彼は一国の元首。だから……」

オレは泣きそうになりながらため息をつき、それから指輪に向かって呟《つぶや》く。

「……オレは、彼の伴侶になることはできない」

言った瞬間《しゅんかん》、薬指がちりっと熱くなった気がした。

「え？」

何気なく手を動かした瞬間、指輪がするりと滑《すべ》った。驚いている間に指輪はオレの指をすり抜けて、チリン、という澄《す》んだ音を立てて床《ゆか》に落ちる。

「……あ……」

オレは呆然《ぼうぜん》とそれを見下ろし……それから力を失ってへなへなと床に座り込む。

「……外れた……」

オレは指輪を拾い上げ、床に座り込んだままで傷がついていないかをたしかめる。貴石であるサファイヤやダイヤ、そして貴金属でできた腕の部分が、落ちたくらいでそうそう傷つくわけがない。だけどオレはそれを詳細《しょうさい》に調べ……異状がないことをたしかめてホッとため息をつく。

……よかった。でも、どうしていきなり外れたんだろう……？

これが外れれば、監視《かんし》をされているような生活からすぐにでも解放される。そしてオレは日本に帰って当たり前の生活を始める。ずっとそれを望んでいたはずなのに……。

突然《とつぜん》、目の奥がズキリと痛んで、なぜか視界がふわりと曇《くも》る。

……え……っ？

オレの頬《ほお》を、熱い涙《なみだ》がいきなり滑り落ちた。

「……ああ……オレ、何やってるんだろう？　何これ、うれし泣き？」

　オレは苦笑《くしょう》して涙を拭《ぬぐ》い、それから手のひらの上のリングに目を落とす。

「……パーティーの直前に外れるってことは、オレはミハイルの運命の相手ではない……おまえはそう言ってるってことだよね？」

　笑いたいのに、なぜか笑えない。ずっと指輪の重みを感じていたオレは、左手がとても軽いことに気づく。ミハイルと一緒《いっしょ》にいてもいいって言われているようなその重みが……オレにとってどんなに心地《ここち》よかったかも。

「……もしかして、オレ……」

　涙がさらに溢《あふ》れ、手のひらに載《の》せた指輪の上にパタパタと音を立てて零《こぼ》れ落ちる。オレは慌《あわ》ててポケットからハンカチを出し、指輪についた水滴《すいてき》をそっと拭って大切にそこに包む。

「……本当は、ちょっとだけ伝説を信じたくなっていたのかもしれない。男のオレが、男の彼の運命の相手のわけがない、頭では、もちろんわかってたのに」

　オレは床に座ったまま脚《あし》を曲げ、両脚を抱《かか》え込んで膝《ひざ》に額を押し付ける。ハンカチに包んだ指輪を握《にぎ》り締《し》めると、もうすぐオレの手の中を離《はな》れるはずのその重みが、なんだかすごく悲しくなる。

　オレの脳裏《のうり》を、いろいろな場面でのミハイルの姿が鮮《あざ》やかによぎる。最初に会った時の、意地悪そうな様子。

パーティーにつれていってくれた時の、麗《うるわ》しい燕尾服《えんびふく》姿。

オレに初めてキスした時の、セクシーな眼差《まなざ》し。

オーロラに見とれていた時の、少年みたいな横顔。

そしてオレを愛撫した時の……獰猛《どうもう》なその瞳《ひとみ》の煌《きらめ》き。

胸が燃え上がりそうに熱く痛んで、このまま死んでしまいそうだ。

……彼といると、なぜかムカついて、だけど思わず見とれてしまって。優《やさ》しくされると身体《からだ》が蕩《とろ》けそうになって、キスされると気絶しそうで。考えるだけで胸が苦しくなって、でもその気持ちはなんだかとても甘くて。そして……彼と離れることが、もう考えられなくなってる。

オレは胸の痛みの激しさに喘《あえ》ぎ、そしてずっと漠然《ばくぜん》と感じていたこの気持ちがなんなのかを、やっと悟《さと》る。

「……オレ……本当にバカみたい……」

閉じた瞼《まぶた》の間から、涙がとめどなく溢れる。あたたかなそれが、ジーンズの布地にゆっくりとしみこんでくる。

「……オレ、一国の元首である彼を、いつの間にか愛しちゃってたんだ……！」

オレはひとしきり泣き、なんだか涙が尽《つ》きてしまったような気持ちで、それからこれからどうするべきなのかを考える。

……もちろん、すぐに日本に帰るんだよな。五日後には卒業式に出て、五月になったら入社式に出て……。

明日の夜には、お妃選《きさき》びのパーティーがある。ミハイルは、オレも招待するって言っていた。オレは、ミハイルが伴侶を選ぶところを、この目で見ることになる。

オレは呆然としたまま、その光景を想像してみる。

華《はな》やかに着《き》飾《かざ》った人々の視線の中、燕尾服に身を包んだミハイルが、ビクトーリアの白い手を取る。そしてそのほっそりとした左手の薬指に、そっと指輪を嵌める。指輪はまるで誂《あつら》えたかのようにビクトーリアの指にぴったりと嵌《はま》り、もう外れることはない。

『ビクトーリア、君が私の運命の人だ。……愛している』

ミハイルが、ビクトーリアを見下ろして囁《ささや》く。ビクトーリアはあの強気な様子が嘘《うそ》みたいにしおらしい様子で頬を染め、そっとうなずく。

『嬉《うれ》しいわ、ミハイル。……私も愛してる』

見つめ合う二人を、盛大な拍手《はくしゅ》が包み込む。そして二人は煌くシャンデリアの光の中、まるで映画のラストシーンみたいに顔を近づけて……。

「……あ……っ」

鋭《するど》い矢が突《つ》き刺《さ》さったかのように、オレの胸が激しく痛む。オレはシャツの布地を握り締め、震《ふる》えるため息をついてその痛みをこらえようとする。

……もしかして相手はビクトーリアじゃないかもしれないけど……指輪が選んだ相手と愛し

合い、結婚《けっこん》することが元首である彼にとってのハッピーエンドだ。なのに……。

オレは彼が誰《だれ》かを伴侶として選び、一生を共にすることを心から祝ってあげることができないかもしれない。満面の笑《え》みで彼とその伴侶の女性の婚約《こんやく》を祝ってあげなくてはいけないのに、このままではなんだか泣いてしまいそうだ。

……オレはきっと、パーティーに参加するべきじゃない。

オレは思い、そして頬を流れる涙を手の甲《こう》でグッと拭う。

……オレはきっと、すぐにでも日本に帰り、この美しい国で起こったお伽噺《とぎばなし》のような出来事をすべて忘れるべきなんだ。

オレは自分に強く言い聞かせ、よろけながら立ち上がる。

……そうだ、今すぐにこの王宮をでよう……。

オレはベッドルームにあるウォークインクローゼットの中から自分のトランクとメッセンジャーバッグを出し、それから部屋の中を見回してみる。ベッドサイドのテーブルには音楽プレイヤーとイヤホン、携帯《けいたい》用のゲーム機、そして読みかけの日本語の本。バスルームの脱《だつ》衣室には歯ブラシやヘアワックス。リビングのローテーブルには、アダモフ博士が貸してくれた美術書が山になっている。オレがメモを取っていたノートとペンも転がったままだ。ところどころに散らばっている自分の私物を眺《なが》めながら、オレはここでいかに居心地《いごこち》よく暮らしていたかを再認識《さいにんしき》する。

……ミハイルは、きっと迷惑《めいわく》だっただろうな。

オレの手のひらの上、安物のハンカチの中で、美しい指輪が燦然《さんぜん》と輝《かがや》いている。

「おまえとも、お別れだ。名残惜《なごりお》しいけどね」

オレは呟き、少し迷う。この部屋に置きっぱなしにしていって、また何かあったら、大変だ。もちろん王宮内の警護は完璧《かんぺき》だろうけど、ここにはたくさんの使用人が出入りする。

……執事《しつじ》のイワノフさんに、直接返すのが一番か。

オレは思いながらポケットにハンカチに包んだ指輪をそっと入れる。それから部屋中を回って自分の私物を回収する。それをトランクに詰《つ》め込んで蓋《ふた》を閉め、それからベッドサイドに置かれた電話の受話器を持ち上げ、ミハイルがやっていたように『1』を押してみる。これでイワノフさんが持ち歩いている携帯《けいたい》電話に繋《つな》がるはずだ。

『……はい、イワノフでございます』

呼び出し音が鳴るか鳴らないかのうちに、イワノフさんが電話に出る。オレは、

「すみません。カズマです。あの……指輪が外れました」

『えっ？』

イワノフさんはとても驚《おどろ》いたように声を上げる。

『宝飾品《ほうしょくひん》店から職人を呼ぶのは、今夜だったはずですが……』

「いえ、なぜかわからないけれど、いきなり外れたんです」

『すぐにうかがいます！　ミハイル様にも……』

「ちょっと待ってください」

オレはイワノフさんの言葉を慌てて遮《さえぎ》る。

「実は、あなたに個人的にご相談したいことがあるんです。まず、お一人で来ていただけませんか？」

オレが言うと彼は何かを考えるように少し黙《だま》り、それから、

『わかりました。すぐにうかがいます』

言って、通話が切れる。

そしてほんの五分ほどで、リビングのドアにノックの音が響《ひび》いた。服を着替《きが》えてソファに座っていたオレは、立ち上がって部屋を横切り、ドアを開く。

「おまたせいたしました」

そこに立っていたのがイワノフさん一人であることを確認《かくにん》したオレは、ホッとしながらドアを大きく開く。

「どうぞ、入ってください」

イワノフさんは、オレがいつもの綿シャツとジーンズ姿ではなくて一応ちゃんとしたスラックスとスタンドカラーのワイシャツ、それにジャケットを羽織っていることに、少し驚いた顔をする。それからオレの肩越《かたご》しに部屋の中を見て、ソファの脇《わき》に置いてあるトランクとメッセ

ンジャーバッグに目を留める。

彼は部屋に入ってきて後ろ手にドアを閉めると、厳しい顔でオレを見下ろして、

「カズマ様。まさか……ミハイル様に黙って、日本にお帰りになるおつもりなのですか？」

どこか責めるような口調に、良心がズキリと痛む。

「うん。航空会社に電話をしたら、一番早い飛行機の席が取れたんだ。あと三時間後かな？あまり時間がないんだ」

オレはイワノフさんに笑いかけて、

「彼には本当にお世話になったから、挨拶《あいさつ》もしないのはすごく気がとがめるけど……でも日本に帰ったら、御礼《おれい》の品をきちんと送るつもりだし……」

「そういう意味ではございません。そうではなく……」

イワノフさんは、いつもの彼とは少し違《ちが》う、どこか動揺《どうよう》したような様子でオレの言葉を遮る。

「ともかく、これをあなたに返さなくちゃ」

オレはポケットからハンカチを出し、その中から指輪を取り出す。

「オレが面白《おもしろ》半分に嵌《は》めてしまったおかげで、あなたにたくさん心配と迷惑をかけちゃった。本当にごめんなさい」

差し出すと、彼はそれを受け取る。そしてまだ信じられないような顔で、手の上の指輪とオレの左手を見比べる。

「あんなに外れなかったのに……どうやってお外しになったのですか？」

「特別なことはしてないよ。指輪に向かって、オレは男なんだからミハイルの伴侶《はんりょ》になることはできない……って意味のことを言ったんだ。そしたら、スルリと指から抜《ぬ》けた」

オレの言葉に、イワノフさんは驚いたように目を見開く。オレは慌《あわ》てて笑って見せて、

「いや、もちろんたまたまそういうタイミングだっただけ。本気で指輪に話しかけたりしてないから安心して」

オレは何も嵌っていない左手を挙げ、指を開いたり閉じたりしてみる。

「特にそうは見えなかったけれど、実は指がむくんでいたのかもしれない。それがやっと治ったんじゃないかな」

オレが言った時、リビングのドアがノックもなしにいきなり大きく開かれた。

「……あ……っ」

そこに立っていたのは、ミハイルだった。彼は全速力で走ってきたかのように息を切らしている。いつもきちんと整えられた黄金《おうごん》色の髪《かみ》が、わずかに乱れ、前髪が形のいい額に落ちかかっている。

そのどこか獰猛《どうもう》でセクシーな姿を見るだけで、オレの胸がまた痛んでしまう。

……ああ、やっぱりオレ、彼のことが本当に好きなんだ……。

彼はオレの肩越しに、部屋の中を真っ直《す》ぐに見る。そしてソファの脇に置かれたオレの荷物

に目を留めてきつく眉《まゆ》を寄せる。

「イワノフから、指輪が外れたのだという連絡《れんらく》をもらった。君の様子がいつもと少し違うようだ、とも。まさか……」

彼はオレのトランクとメッセンジャーバッグを見つめたままで言う。

「……私に黙って、この国を出て行こうとしているのではないだろうね？」

「いや、その……」

オレは彼から目を逸《そ》らしたまま、

「……一番早い飛行機の予約が、たまたま取れたんだ。挨拶をしなきゃだめかなとも思ったけど、あなたの執務《しつむ》の邪魔《じゃま》をするのもなんだし……」

「君の帰国まで、あと一日あったはずだ」

ミハイルがオレを見下ろして、厳しい声で言う。

「どうして、いきなり出発を早めるんだ？」

まるで彼に対する気持ちに気づかれてしまったかのような言葉に、オレの鼓動《こどう》が速くなる。

「いや……たいした意味はないんだけど……」

オレは彼の顔を見上げて、無理やりに笑みを浮《う》かべてみせる。

「あなたは明日に大切なパーティーを控《ひか》えてる。もしも結婚《けっこん》相手が決まったら、その人をこの部屋に招くんじゃないかと思って……そんな時に観光客のオレがいたら、めちゃくちゃ邪魔じやない？」

彼は眉を寄せたままオレを見下ろし、その問いには答えないまま、イワノフさんの方を振《ふ》り向く。

「イワノフ。彼の飛行機の予約をキャンセルしてくれ」

「ちょ、待って……」

「かしこまりました」

イワノフさんはオレの制止が聞こえなかったかのようにお辞儀《じぎ》をし、そのまま部屋を出て行ってしまう。

「なんだよ。せっかく気を利《き》かせようと思ったのに」

オレは笑って見せるけれど……本当は、このままうずくまって泣いてしまいたかった。

……ああ、これでもう、逃《に》げられない。

「この部屋に女性を入れることは考えていない。いらぬ気遣《きづか》いは不要だ。……もちろん、君にもパーティーに参加してもらう」

「パーティーに？　でも、オレ……」

「この国の元首の命令は絶対だよ」

見下ろしてくる彼の眼差《まなざ》しはとても真剣《しんけん》で……オレは思わず青ざめる。

こんなに愛している彼がほかの人を選ぶのを、オレはこの目で見なくてはいけないんだ。

……彼はもしかして、オレの気持ちに気づいているんだろうか？

オレは彼の顔を見上げながら、ふと思う。

……ほんの遊びのつもりでキスや愛撫《あいぶ》を教えた。なのにオレが本気になりそうなことに気づいた。だから、オレにあきらめさせようとしているとか？

……それとも、オレのことをただの新しいオモチャみたいに思ってる？

オレは思い、まるで死んでしまいそうなほど胸が痛むのを感じる。

……彼が誰《だれ》と結ばれるかを見届けて、完全にあきらめる。きっとそれが一番いいことなのは解《わか》ってる。でも……。

オレは彼から目を逸らしながら、必死で涙《なみだ》をこらえる。

……でも、そんなのはやっぱり残酷《ざんこく》だよ……。

和馬は、昨夜からまったく私の顔を見なくなってしまった。話しかければどこか虚《うつ》ろな笑《え》みを浮かべて答える。しかし視線は私の顔よりもわずかに落ちたところにある。

……彼はきっと、一日も早く日本に、そして自由な生活に戻《もど》りたいと思っていた。だからきっと私に引き留められないうちに飛行機に乗ろうとしていたのだろう。だが……。

私は思うが……彼とこのまま離《はな》ればなれになることなど、とても考えられない。

……私の身勝手であることはよく解っている。だが、私はまだ、本当の気持ちすら告白していない。

私と和馬は、パーティーが行われる大舞踏《ぶとう》室の上階にある控え室で着替《きが》えをしていた。眼下に見える車道にはとんでもない数のリムジンが連なっている。招待客の選定はイワノフにすべて任せてあったのだが、妙齢《みょうれい》の子女を持つ世界中のVIPを招待したのだと言っていた。

「招待客の数、すごいみたいだね。やっぱりみんな、サンクト・ロマノフの元首がどんな女性を選ぶのか、興味津々《きょうみしんしん》なんだね」

私と背中合わせになって着替えながら、和馬が言う。

「イワノフさんが、花嫁《はなよめ》候補をなんとか二十人に絞《しぼ》ったって言ってた。その中には、あなたの従姉妹《いとこ》のビクトーリアさんも入ってるって。彼女、あなたに夢中みたいだもんね」

彼は私がパーティーで女性を選ぶということを微塵《みじん》も疑っていない。ということは、彼の中では恋愛《れんあい》対象は女性であるというのが揺《ゆ》るぎない常識なのだろう。

……もしも告白しても、きっと私はすげなく振られるだろう。でなければ、「男と恋愛をするなんて無理だ、冗談《じょうだん》は止めて」と一笑《いっしょう》に付されるか……。

「ああ……やっぱりオレには無理かも」

和馬が、ふいにため息混じりの声で呟《つぶや》く。考えを読まれたような気がして慌てて振り返り、そして和馬が、蝶《ちょう》ネクタイを結ぼうとしていたことに気づく。

今日のパーティーのドレスコードは正装ではない。私はテイラーに頼《たの》んで和馬のためにヴァニラアイスクリーム色の上下を用意させた。同じ色のジレと、一段濃《こ》いクリーム色のシルクの蝶ネクタイ。和馬の麗《うるわ》しい顔に、それはとてもよく似合っている。

「こっちを向いてごらん。私が結んであげよう」

私が言うと、和馬はギクリと肩《かた》を震《ふる》わせる。鏡に映っている彼の顔がわずかに怯《おび》えているように見えて、私の胸が激しく痛む。

「……うん。ごめん、頼んでいい？」

彼は覚悟《かくご》を決めたような顔で振り返り、唇《くちびる》の端《はし》に笑みを浮かべてみせる。だがその視線は私の胸の辺りに落ちたまま、私の目を見てはくれなかった。

私はつらい気持ちを抑《おさ》え、彼のネクタイに手を伸《の》ばす。結び目をそっと解くと、彼がまたわずかに怯えた顔をする。それに気づいて、また私の胸が激しく痛む。

私はいろいろな理由を付けては和馬にキスをした。さらに彼の若い欲望《よくぼう》につけこんでその屹《きつ》立《りつ》を愛撫し、危険な快楽を教えてしまった。

……彼を愛撫したあの夜。私はあとほんの少しで彼に襲《おそ》いかかるところだった。その柔《やわ》らかな双丘《そうきゅう》を開かせ、自分の欲望で貫《つらぬ》きたくて、おかしくなりそうだった。あの欲望を我慢《がまん》できたのは、本当に奇跡《きせき》だった。

……だが、彼には私が本気で発情していることが伝わっていたのかもしれない。そして、怖《こわ》くなって逃げようとしていたのかも……。

私は思うが……しかし、彼をこのまま逃がすことだけはできない。

「できたよ。これで完璧《かんぺき》なはずだ」

結び目を作り終わった私は、彼の体の向きを変えさせ、鏡の方を向かせてやる。

「あ……すごく綺麗《きれい》な結び目。完璧かも」

彼は言いながら微笑《ほほえ》み、鏡越《ご》しに私を見る。しかし私と目が合うと、慌《あわ》てたように視線を逸らしてしまう。氷のようだったはずの私の心が、それだけで壊《こわ》れそうに痛む。

……ああ、恋《こい》とはこんなに苦しいものだったのか……。

私は思いながら、彼に気づかれないように小さくため息をつく。それからローテーブルに近づき、そこに置いてあったベルベットの宝石箱を持ち上げる。ゆっくりと蓋《ふた》を開くと、中から現れたのは美しいコーンフラワーブルーのサファイヤと、煌《きら》めくダイヤモンドが留められた美しい指輪。

……和馬の指から、どうして抜《ぬ》けてしまったんだ？

私は茫然《ぼうぜん》と指輪を見つめながら、つい思ってしまう。

……もしもあのまま指輪が抜けず、和馬が私と共にここで暮らしてくれるのだとしたら、どんなに幸せだったか。

もしも抜けなければ指輪を切ることも検討されていた。そんなもので一人の人間を強制的につなぎ止めることはできないことくらい、本当は私も解っている。だが……。

私は見ているだけで心がざわめくのを感じながら、心の中で指輪に話しかける。

……もしもおまえがサンクト・ロマノフ家を守る伝説の指輪なら、私が唯一《ゆいいつ》愛した運命の人が和馬であることくらい解っているはずだ。

私は、その美しい指輪にそっと触《ふ》れてみる。指先に触れたサファイヤは、まるでまだ和馬の体温を残しているかのように微《かす》かにあたたかい。

……私に、どうか力を貸してくれ。

石川和馬

大舞踏室に入ったオレとミハイルを迎《むか》えたのは、娘《むすめ》を持つ両親達からの挨拶《あいさつ》の嵐《あらし》、そして女性達からの媚《こ》びを含《ふく》んだあからさまな視線。まあ、挨拶も視線も、オレを通り越《こ》してすべてミハイルに向けられた物だったけれど。

花嫁候補の女性達は二十人。華《はな》やかなドレスに身を包んだ彼女達は、すごい美人ばかりだ。

「初めまして、ミハイル様。わたくし……」

最初の女性が自己紹介《しょうかい》を始める。本気で花嫁になることを考えているみたいで、名前と出身地だけではなく特技や趣味《しゅみ》まで語り続けた。彼女の言葉を、執事《しつじ》のイワノフさんが適当なところで切り上げさせる。

「ありがとうございました。では、次のご令嬢《れいじょう》」

昨夜までオレの指にあった『妃《きさき》の指輪』は、今はイワノフさんの手の中にあった。ベルベットで作られた豪奢《ごうしゃ》なリングピローに載《の》せられ、出番を待っている。

厳しく選ばれたという彼女達は、すべてどこかの王族の関係者や、大富豪《だいふごう》の子女だった。もともとあり余る財産や地位を持ち合わせている人ばかりで、地位や財産目当てにミハイルの花嫁に立候補しているわけではないはず。なのに、こんなに熱心なのは……。

……彼女達は、本気でミハイルに恋をしてるんだ。

彼女達の目の奥には、まるで野生動物みたいに獰猛《どうもう》な光があった。女性がそんな目をしたところを、オレは今までに一度も見たことがない。

……そして、本気で彼の伴侶《はんりょ》になりたいと望んでる。

オレは、胸が壊れそうに痛むのを感じる。

……女性で、綺麗で、生まれながらに選ばれた人たち。どの人も、ミハイルにぴったりだ。男で、ごくごく普通《ふつう》の生まれのオレとは、比べ物にならないような一流の人たち。羨《うらや》む理由なんかないのに……でもやっぱり、ミハイルの伴侶になる資格を持っている人が、涙《なみだ》がでそうなほど羨ましい。

ふと目を上げると、女性達の列の最後に、両親に付き添《そ》われたビクトーリアがいるのが見えた。余裕《よゆう》のないほかの女性達とは違《ちが》って、彼女は悠々《ゆうゆう》と構え、余裕の笑みを浮《う》かべながらミハイルの挨拶を待っている。

ミハイルをうっとりと見つめていた彼女は、オレの存在に気づいたかのようにチラリと眉《まゆ》を上げる。そして「出て行けって言ったのに」とでも言いたげな目でオレをキッと睨《にら》む。

……彼女は、女性達の中で一番ミハイルに近い場所にいる。従姉妹なら家柄は申し分ないだろうし、彼のこともよく知っているだろう。そして何より、生まれ育ったこの国のことや、政治の仕組みもよく知っている。二人が結婚《けっこん》をすれば、双方《そうほう》に損はないはずだ。

女性達の挨拶が終わり、ビクトーリアの前にミハイルが立つ。思わず見上げると、ミハイルの横顔にはなんの表情も浮かんでいなかった。

……前に、結婚相手は誰《だれ》でもかまわないって言ってた。ということは、ビクトーリアでもいい、そう思っているんだよね？

オレの胸が、激しく痛んだ。

「ミハイル」

ビクトーリアはミハイルを強い視線で見上げて、きっぱりと言う。

「あなたに一番相応《ふさわ》しいのはこの私よ」

その言葉に、ほかの令嬢達が驚《おどろ》いた顔をし、それから何かを囁《ささや》き合っている。

「あなたを誰よりも知っているし、愛国心だって人一倍強いわ。だってこのサンクト・ロマノフで生まれ育ったんだもの」

外国から来ているらしい女性達が、キッとビクトーリアを睨んでいる。ビクトーリアはまったく動ぜずに言い放つ。

「私に『妃の指輪』をはめさせて。絶対に、私があなたの運命の相手だから」

その言葉に、ほかの女性達が本気で柳眉《りゅうび》を逆立てる。

「指輪を試《ため》すのなら、自己紹介の順番が早かった私からじゃなくて？」

「ちょっと待って。私はわざわざニューヨークから来たのよ、優先してくださってもいいんじゃないかしら？」

「どきなさいよ！　私のお父様が誰だかご存じないの？」

「ちょっと、私の足を踏《ふ》んだのは誰っ？」

女性達が騒然《そうぜん》となり、今にもつかみ合いを始めそうな様子で言い合いをしている。離《はな》れた場所で見守っていた彼らの両親達が、慌てた顔でおろおろしている。

「静かになさい！」

叫《さけ》んだのは、ビクトーリアだった。その迫力《はくりょく》に、言い合いをしていた令嬢達が怯《おび》えた顔でいっせいに口をつぐむ。

「私が一番よ。決まっているでしょう」

ビクトーリアは平然と言い、イワノフさんが持っていたリングピローから指輪を取り上げる。

「ビクトーリア様！」

イワノフさんが驚いたように叫び、ほかの女性達がつめよろうとし……。

「ああ……なんて綺麗なのかしら」

ビクトーリアが、『妃の指輪』をシャンデリアの光にかざしながらうっとりと言う。

「先代の公妃《こうひ》様がはめているのを見て、いつかは私があれをはめてやる、とずっとそう思っていた。ミハイル、あなたの妻になるのは、小さな頃《ころ》からの私の夢だったのよ！」

ビクトーリアは、意気揚々《いきようよう》と叫ぶ。美しい指輪と、ほっそりとした彼女の指。それはいかにもお似合いに見えた。

……ああ、『妃の指輪』が、ほかの誰かの指に嵌《は》まってしまう……。

彼女は右手で指輪を持ち、左手の薬指に嵌めようとして……。

「きゃっ！」

ビクトーリアが叫んで、いきなり指輪を放《ほう》り出す。指輪は大きく弧《こ》を描《えが》いて、オレの方に飛んでくる。

……床《ゆか》に落ちてしまう……！

指輪が急にはずれた時、オレは一回床に指輪を落としてる。また落として何かあってはいけないと思ったオレは、慌《あわ》てて手を伸《の》ばして手のひらでそれを受け止める。

「まあ！　国宝である指輪を放り出すなんて！　なんて下品な女性かしら！」

「そんな女性には、ミハイル様の妻になる資格はないわ！」

女性達が、ビクトーリアを責めるように叫ぶ。だけど、ビクトーリアはまだ呆然《ぼうぜん》とした顔で、

「ち、違うのよ。何か、静電気みたいなものが……」

言い募《つの》るけれど、その顔は青ざめてさっきまでの元気がなくなっている。

「指輪を貸して！」

女性の一人が、オレの手から指輪を乱暴にひったくる。そのまま指に嵌めようとするけれど、薬指の半ばで止まってしまってどうしてもそれ以上入らない。

「まあ、どうして入らないの？　そんなはずは……」

「食べ過ぎじゃなくて？　次は私よ！」

呆然としている女性の手から、ほかの女性が指輪を取り上げる。彼女の指に指輪は嵌まるけれど……とてもブカブカでするりとはずれてしまう。

「嘘《うそ》でしょう？　どうして……」

おろおろと見守る人々の目の前で、二十人全員が指輪を試した。そして……誰も、その指輪をぴったりと嵌めることはできなかったんだ。

「貸しなさい！　これはやはり私が……！」

ビクトーリアが最後の女性から指輪をひったくり、自分の指に嵌めようとして……。

「嘘でしょう？　どうして入らないの？」

指輪は彼女のほっそりとした指の半ばで止まり、それ以上はまったく入ろうとしなかった。

「そんなはずは……いたっ！」

無理やり指を入れようとしていたビクトーリアが、また悲鳴を上げる。

「何よ、この指輪！　さっきから静電気みたいにビリビリして……」

「この『妃の指輪』は、自ら持ち主を選ぶ」

ミハイルが言い、ビクトーリアの手から指輪をそっと取り上げる。

「私が結ばれるべき運命の人を、この指輪はすでにきちんと示してくれていた。私が……ずっと気づいていなかっただけで」

彼は指輪を持ち、荘厳《そうごん》な声で言う。そして大公の席があるひな壇《だん》の上に上る。

「私の運命の伴侶に、この指輪を与《あた》える」

その言葉に、会場が水を打ったように静まり返る。

……ああ、ついにミハイルが伴侶を選ぶ。

オレは必死で涙《なみだ》をこらえながら、きつく目を閉じる。

……愛している人がほかの誰かを選ぶところなんて……絶対に見たくない。

「カズマ、ここへ」

名前を呼ばれて、オレは驚いて目を開ける。

慌てて顔を上げると、ミハイルが壇上からオレを真っ直《す》ぐに見つめていた。もちろん、オレが大公の伴侶に選ばれるわけがない。だからきっと、指輪を与える儀式《ぎしき》の手伝いをさせられるんだろう。オレは小さく深呼吸をし、自分に言い聞かせる。

……これはミハイルが幸せになるための儀式だ。泣いたりしたら絶対にいけない。

オレは必死で平気なフリを装って、早足で壇上に上がる。

「オレ、何を手伝えばいいの？　イワノフさんからリングピローを借りてくる？」

オレは彼に囁き……そして、ミハイルに手を握《にぎ》られて驚いてしまう。

「……え……っ？」

「私の伴侶は、君だけだ」

彼は囁き、オレの左手の薬指に指輪を嵌める。すっぽりと入った指輪はそのまま抜《ぬ》けなくなり……壇の下で人々が息を呑《の》むのが解《わか》る。

「ふざけるのもいい加減にしろよ！　また抜けなくなったじゃないか！」

叫びながら、思わず泣いてしまう。

「オレの気持ちを知っててこんなことをするなんて、あなたは本当にひどい！」

「君の気持ちをきちんと言ってみろ」

「あなたを愛してるんだよ！　でも男同士だし……」

オレの言葉を、ミハイルがキスで遮《さえぎ》る。そして大騒《おおさわ》ぎになったパーティー会場からオレを連れたまま逃《に》げてしまったんだ。

ミハイル・サンクト・ロマノフ

大舞踏《ぶとう》室から彼を連れだした私は、そのまま車寄せに向かった。マカロフに命じて用意させておいたリムジンに彼を押し込み、SPの乗ったセダンに同行されて、ここまで来た。

ここは、ロマノフ山脈最高峰《さいこうほう》、ガラー・ロマノフの麓《ふもと》。サンクト・ロマノフ家が所有する別《べっ》荘《そう》だ。常駐《じょうちゅう》する警備員に守られた広い敷地《しきち》の中にはいくつかのコテージがあり、SPとマカロフはそれぞれのコテージに宿泊《しゅくはく》する予定だ。

私は和馬を連れ、そのうちの一番大きなコテージに入った。丸太を組んで作られたログハウスで、木の香《かお》りが清々《すがすが》しい。

「素敵《すてき》なところだね。なんだか、すごく落ち着く」

和馬は言って、リビングの中を見回す。リビングには美しい織り模様の布地が張《は》られた美しいソファが向かい合っている。サンクト・ロマノフに昔から伝わるロマノフ織りで、今ではほとんど継承者《けいしょうしゃ》がいない。海外に輸出するととんでもない高値がつくという貴重な品だ。

リビングの奥の壁際《かべぎわ》には、天然の石を積んで作られた大きな暖炉《だんろ》がある。部屋をあたためるために、別荘番がそこにあらかじめ火を入れてくれていて、薪《まき》がパチパチと音を立てながら燃えている。市販《しはん》の薪ではなくこの近くの木を乾《かわ》かして使っているせいで、燃える時にとてもいい香りがする。

暖炉の前には毛足の長い上等の毛皮が敷《し》いてあり、和馬はそこに近寄ると靴《くつ》を脱《ぬ》いでその上に横たわる。

「うわ〜、ふかふか。毛皮を見ると、ついつい寝転《ねころ》がっちゃうよね」

彼は無邪気《むじゃき》に言いながら、私を見上げてくる。どこか甘えを含《ふく》んだとても色っぽい視線に、私の中の何かがいきなりぷつりと切れてしまう。

私は彼のそばに跪《ひざまず》き、彼の身体《からだ》をきつく抱《だ》き締《し》める。しなやかな身体の感触《かんしょく》は本当に腕《うで》に心地《ここち》よく、その肌《はだ》から立ち上るレモンとハチミツのように甘い芳香《ほうこう》は、それだけで私の理性を一気に吹《ふ》き飛ばす。

「……あ、ミハイル……」

私は彼の身体を毛皮の上に押し倒《たお》し、のしかかるようにして深いキスを奪《うば》う。

「……んん……」

彼の唇《くちびる》は柔《やわ》らかく、とても甘い。私は我を忘れてキスを繰《く》り返し、力の抜けた上下の歯列の間から、舌を口腔《こうこう》に滑《すべ》り込ませる。

「……う……ん……っ」

彼は一瞬《いっしゅん》驚《おどろ》いたように身をこわばらせ、しかし心を込めたキスを繰り返してやると、だんだんと身体から力を抜いてくれる。キスも愛撫《あいぶ》も初めてだったであろう無垢《むく》な彼が、私にだけは心を開き、怖《こわ》さをこらえてこうして身を預けてくれる。そんな彼が、胸が痛くなるほど愛《いと》おしい。

「……ん……ん……」

舌でその口腔内をゆっくりと愛撫し、上顎《うわあご》をくすぐって震《ふる》えさせる。小さな濡《ぬ》れた舌をすくい上げ、できるだけ優《やさ》しく舌で愛撫する。

「……う……く……」

彼の舌が、おずおずと応えてくれる。二人の舌がゆっくりと絡《から》み合い、淫《みだ》らな水音を立てながらキスがさらに深くなる。ぴくりと震える彼の腰《こし》を抱き締め、その舌の甘さをたっぷりと味わう。

「……ん……んん……」

キスで全身の力が抜けてしまったのか、彼の唇の端《はし》から唾液《だえき》が滑り落ちる。私がゆっくりとそれを舐《な》め上げると、彼は感じてしまったかのように震え、長い睫毛《まつげ》を伏《ふ》せたまま、恥《は》ずかしげに息を弾《はず》ませる。

「愛している、カズマ」

私は頬《ほお》を染めた彼を見下ろし、全身全霊《ぜんれい》を込めて囁《ささや》く。和馬はゆっくりと目を開き、その潤《うる》んだ瞳《ひとみ》で私を見上げてくる。

「オレも……」

ため息のように微《かす》かな彼の声は、語尾《ごび》がかすれ、とても色っぽい。

「……愛してるんだ、ミハイル」

「いい子だ」

私は彼の唇にチュッと音を立てて軽いキスをする。

「君に出会って気づいた。愛していない相手と結婚《けっこん》をすることなどできない」

彼は黒い瞳を潤ませて、私を見上げてくる。

「私が愛するのは、生涯《しょうがい》君だけだ。……君はどう？」

「オレだって、あなただけだよ。……本当は、観光で来ただけの筈《はず》だった。なのに、なんでこんなことになったんだろう？」

彼は、今にも泣きそうな顔で微笑《ほほえ》んでくれる。

「それは運命だからだよ」

私は顔を下ろし、その唇にそっとキスをする。

「君を抱《だ》きたい。すべてを奪いたい」

囁くと、彼は身体を震わせ、小さく息を呑む。

「男同士のセックスが何をするか……わかっている？」

顔を上げ、見下ろしながら私が聞くと、彼はわずかに怯《おび》えたような顔をする。

「わからないよ、想像もつかない」

「すべてを、教えてもいい？　今ならまだ引き返すことが……」

「嫌《いや》だ」

彼はきっぱりと言って、私を真っ直《す》ぐに見上げてくる。

「もう、引き返せない」

彼の瞳に、またゆっくりと涙《なみだ》が盛り上がる。

「だって……あなたのこと、こんなに好きになっちゃったんだ……」

彼は震える声で囁く。瞬《まばた》きをした拍子《ひょうし》に涙の粒《つぶ》が弾《はじ》け、目尻《めじり》を伝う。私はキスでそれを吸い取り、それから閉じられた白い瞼《まぶた》にそっとキスをする。

「愛している。大切にする。私だけのものだ」

「……うん」

彼はゆっくりと目を開き、その澄《す》み切った黒い瞳で私を見上げてくる。

「オレも、あなただけのものだよ」

彼の目から、また涙が溢《あふ》れた。窓から差し込む月明かりに、まるでダイヤモンドのように煌《きら》めきながら滑り落ちる。

私は彼の美しさに見とれ……それからその身体をそっと抱き上げる。

生涯をかけて彼を守る……そう心に誓《ちか》いながら。

石川和馬

「……あ、あ……お願い……」

こらえきれないオレの喘《あえ》ぎが、高い天井《てんじょう》に響《ひび》いている。

「……ダメ……もう……」

オレをベッドに運び、押し倒した彼は、そのままオレの身につけているもののほぼすべてを獰猛《どうもう》にはぎ取った。唯一《ゆいいつ》許されたのは、彼の伴侶《はんりょ》の証《あかし》である、左手の薬指の『妃の指輪』だけだった。

彼はパーティーの時と同じ燕尾服《えんびふく》。白い手袋《てぶくろ》だけを外し、一切《いっさい》衣類を緩《ゆる》めないままの完璧《かんぺき》な紳士《しんし》の姿で、オレの上に獰猛にのしかかった。

一糸まとわぬ自分と、優雅《ゆうが》なままの彼。その対比に、羞恥《しゅうち》がますます煽《あお》られる。

ベッドルームの暖炉には火が入れられ、部屋は暑いくらいだ。一糸まとわぬオレは、その中でわずかに汗《あせ》ばみながら快感に喘いでいる。

「……お願い……舐めないで……ああっ！」

彼はオレの腿《もも》を大きく広げさせ、その間に顔を深く埋《うず》めている。オレの反り返る屹立《きつりつ》に舌を這《は》わせ、張りつめた先端《せんたん》を吸い上げながら指でゆっくりと側面に蜜《みつ》を塗《ぬ》り込める。

「……ダメ……吸ったら……ああっ！」

オレは喘ぎ、両脚《りょうあし》の間にある彼の髪《かみ》に指を埋める。本当は押しのけなきゃいけないのに、先端のスリットに舌を優しくねじ込まれて……あまりの快感に彼の頭を引き寄せてしまう。

「とても感じているようだな。君が漏《も》らした蜜で、こんなところまでぬるぬるだ」

彼が囁いて、オレの双丘《そうきゅう》の間に指を滑り込ませる。濡れた指が谷間を往復し、隠《かく》された蕾《つぼみ》を見つけだす。ぬるぬるに濡れた花びらをゆっくりと解《ほぐ》されて……じれったさと快感の入り交じる不思議な感覚に、腰がヒクヒクと震えてしまう。

「……ん、ダメ……そんなとこ……んんっ！」

彼の指先が、オレの蕾に、ツプン、と滑り込んでくる。オレの蕾は初めての侵入《しんにゅう》者に怯えたように収縮するけれど……屹立の先端を舌で愛撫されたら、ふわりと蕩《とろ》けてしまう。

「男同士のセックスは、ここを開いて性器にする。できる？」

彼の熱い囁きが、オレの屹立をくすぐる。さらに深く押し入れた指をゆるゆると動かされて、オレは不思議な快感に思わず喘ぐ。

「……あ……あ……ダメ……」

「ダメ？　それならもうやめる？」

彼が囁いて、オレの屹立にそっとキスをする。同時に指を揺《ゆ》らされて、快感がさらに強くなる。身体の奥から湧《わ》き上がる欲望《よくぼう》に、オレは息も絶え絶えだ。

「……ダメ……やめたら……ダメ……」

オレはかすれた声で彼に囁く。

「……オレのすべてを、あなただけのものにして……」

「いい子だ」

彼が囁き、オレの屹立を深くくわえ込む。ご褒美《ほうび》のように甘く舌で愛撫《あいぶ》され、同時に内壁《ないへき》の敏感《びんかん》な部分を指先で擦《こす》り上げられて……。

「……あ、イク……口、ダメ……」

オレは激しい快感に目の前を白くしながら、ドクドクッ、と白濁《はくだく》を迸《ほとばし》らせる。

「……ん、んんーっ！」

信じられないことに、オレは彼の口の中に放ってしまっていた。彼はそれを一滴《いってき》残らず飲み干し、さらにチュクッと音を立てながら、残りの蜜も吸い上げる。

「……く、うう……っ」

快感に痺《しび》れたオレの両脚を、彼の大きな手がさらに大きく割り広げる。

「……あ……っ」

濡《ぬ》れて解された蕾が露《あら》わになる感覚に、オレは思わず喘ぐ。

彼がファスナーを下ろす音が響き、オレの蕾にとても硬《かた》くて、そしてとても熱い物が押し当てられる。

……ああ、これは、彼の欲望……。

「……あっ！」

彼の先端が、グッとオレの中に押し入ってくる。解されてはいるけれど、彼の屹立はとても逞《たくま》しく、オレは思わず身体《からだ》をこわばらせる。

「力を抜《ぬ》いてごらん」

彼が囁《ささや》き、オレの肌《はだ》にそっと手を滑《すべ》らせる。快感に尖《とが》ってしまっていた乳首《ちくび》を、彼の指先がそっとくすぐってくる。

「……や、あ、あ……っ！」

彼はオレの肌を露わにはしたけれど、乳首にはまだ触《ふ》れていなかった。指先でくすぐられ、そっと摘《つま》み上げられて、驚《おどろ》くほどの快感が全身を走る。

「……う……くう……」

オレの蕾が、ふいにふわりと蕩けて彼の屹立を包み込む。彼はその瞬間《しゅんかん》を逃《のが》さずに、グッとさらに深い場所まで屹立を押し入れる。

「……あ……っ！」

敏感な場所を、彼の張り出した部分が擦ったのが解《わか》る。押し広げられる圧迫感《あっぱくかん》と、そこから

感じる快感は目が眩《くら》むほどで……オレの蕾は震《ふる》えながら彼を誘《さそ》い込んでしまう。

「……あ、ミハイル……」

「……初めてなのに、なんて子だ」

彼が、かすれた声で囁く。

「震えながら締《し》め上げて、吸い込まれそうだ。とても優《やさ》しくできそうにない」

「優しくなんか、しなくていい」

オレは彼を見上げながら囁く。

「オレを、あなただけのものにして……ああっ！」

言葉が終わらないうちに、彼は激しい抽挿《ちゅうそう》を開始した。激しく突《つ》き上げられ、同時に蜜を垂らす屹立を愛撫される。

嵐《あらし》の船のように揺れるベッド、二人を照らす月明かり、そして肺を満たす彼の香《かお》り。

「……あ、イク、ミハイル！」

「イッていい。君が素晴《すば》らしすぎて、私ももう限界だ」

彼の言葉に、オレの目の前が白くなる。

「……ああっ！」

オレの先端から、ビュクッと白濁が迸る。

「……んんーっ！」

オレは彼をきつく締め上げてしまう。彼はそれをものともせずにオレを激しく貫《つらぬ》いて……そしてセクシーなため息と共に、オレの最奥に熱い欲望を撃《う》ち込んでくれたんだ。

「だめだ、まだ、やめられそうにない」

彼はオレを抱《だ》き締めたまま、熱い声で囁く。

「……うん、やめないで……朝まで抱いて……」

オレは囁き返す。

そしてオレ達は抱き合ったまま、目が眩むような高みに、再び駆《か》け上がり……。

ミハイル・サンクト・ロマノフ

コテージの窓の外には、美しい針葉樹林。そして、雪で飾《かざ》られた美しい山々。朝日の中に煌《きら》めくガラー・ロマノフの美しい姿に、私は胸を熱くする。

……思い出のつまったこの場所で、私は愛する人をこの胸に抱くことができた。

国民にカミングアウトをするのは少し後にするとしても、少なくとも現在のサンクト・ロマノフの政治にかかわっている面々、そしてパーティーに参加していたVIP達やその令嬢《れいじょう》達を納得《なっとく》させるのにはたくさんの時間が必要だと思う。だが……。

私は顔の向きを変え、腕枕《うでまくら》で眠《ねむ》る和馬の、無垢《むく》な寝顔《ねがお》を見つめる。

……和馬を失うことなど、絶対にできなかった。彼と共に生きるためなら、私はどんな茨《いばら》の道でも歩くことができるだろう。

「……ん……」

和馬が小さく呻《うめ》いてわずかに身じろぎをする。滑《なめ》らかな肩《かた》から毛布がするりと滑《すべ》り、真珠《しんじゅ》色の肌が露わになる。彼のしなやかな首筋、鎖骨《さこつ》の上、そして肩口《かたぐち》。私が我を忘れてつけたキスマークが、まるで雪の上に落ちた花びらのように紅《あか》く散っている。

私はそっと体の向きを変え、彼を胸に抱き締める。そして寒くないように、その肩を毛布でしっかりとくるんでやる。

何かのタガがはずれたかのように、私は和馬を抱き続けた。彼の喘《あえ》ぎはとても色っぽく、感じた顔は本当に麗《うるわ》しく、そしてその身体は眩暈《めまい》がしそうなほどの愉悦《ゆえつ》を私に与《あた》えてくれた。私は我慢《がまん》ができずに暴走し、夜明け近くまで彼を抱いてしまった。そのせいで、和馬はまだ深い夢の中だ。

彼の左手の薬指には、『妃の指輪』が煌めいている。

……私は、ついに運命の人を手に入れたんだ……。

石川和馬

その後。ミハイルは同性の結婚《けっこん》を認める法案を議会に提出して審議《しんぎ》が続いている。それが可決され次第《しだい》、オレと籍《せき》を入れるつもりらしい。

そしてミハイルはオレを連れて日本に行き、両親に挨拶《あいさつ》をしてしまった。あまりのことにオレの両親は呆然《ぼうぜん》とし、だけどミハイルの迫力《はくりょく》に気圧《けお》されて「息子《むすこ》をよろしくお願いします」とか言ってしまった。どうやらこれで親公認《こうにん》の婚約者《こんやく》ということになってしまったらしい。

オレの左手の薬指に嵌《は》められた指輪は、まるで誂《あつら》えたようにオレの指から外れない。

「……もしかして、あの伝説は本当なんだろうか？　あなたと正式に結婚するまで外れないのかな？」

オレは言いながら上に手を伸《の》ばし、金色の月の光の中で煌めく指輪を見上げる。

「法案が通り次第、君と正式に籍を入れる。嫌《いや》だと言っても無駄《むだ》だよ」

彼は囁いて、オレの身体を引き寄せる。裸《はだか》の肌と肌が滑らかに擦《こす》れ合い、さっきあんなに放ったばかりなのに、また発情しそう。

「愛している、カズマ。……もう一度抱きたい」

彼が囁いて、オレの唇《くちびる》にそっとキスをしようとする。

「オレとあなたはまだ結婚してないんだよ？」

オレは彼の唇に指を当てて、キスを阻止《そし》する。だって、セクシーなキスをされたらそのまま溺《おぼ》れてしまいそうで……。

「これ以上の婚前交渉《こんぜんこうしょう》は、もうダメ。法案が通って籍を入れるまで、清い身体で……」

「書類上の手続きよりも、この指輪が外れないことが、運命の相手である証明だ」

彼はオレの手首を握《にぎ》り、シーツの上に押しつける。

「朝までそれを確かめ合おう」

高貴な顔に似合わない甘い台詞《せりふ》に、オレは今夜も酔《よ》わされてしまう。

……ああ、オレの恋人《こいびと》は、ハンサムで、少し強引《ごういん》で、そして本当にセクシーなんだ。

あとがき

こんにちは、水上ルイです。初めての方に初めまして。水上の別のお話を読んでくださった方にいつもありがとうございます。

この本、『ロイヤルウェディングは強引に』は、北ヨーロッパのどこかにある架空《かくう》の国、『サンクト・ロマノフ』が舞台《ぶたい》。主人公はサンクト・ロマノフの元首であるミハイル・サンクト・ロマノフ、そして卒業記念の一人旅をしていた日本人美大生・石川和馬。運搬《うんぱん》中のサンクト・ロマノフの国宝『妃《きさき》の指輪』が盗《ぬす》まれ、たまたま通りかかったことから窃盗《せっとう》犯と間違《まちが》われてしまった和馬。しかも元首の花嫁《はなよめ》を自ら選ぶといわれる伝説のその指輪が、なんと和馬の指から抜《ぬ》けなくなってしまって……？　というところから始まるお話です。

この本はロイヤルシリーズの四作目に当たりますが、どれも読みきりなのでどこから読んでも大丈夫《だいじょうぶ》。安心してお買い求めください（CM・笑）。このシリーズは、攻《せめ》が王子様もしくはその血縁《けつえん》のリッチなラブストーリーというコンセプトで始めたのですが、『ロイヤルウェディング～』は伝説の指輪なども絡《から》んでいて、その中でも王子様×お姫様《ひめさま》度が高いような（笑）。オーロラが見える寒い国というのは個人的にロマンティックなイメージがあり、とても楽しんで書かせていただきました。あなたにもお楽しみいただければ嬉《うれ》しいのですが。

それではここで、各種お知らせコーナー。
★個人同人誌サークル『水上ルイ企画室』やってます。
オリジナルＪｕｎｅ小説サークルです。（受かっていれば・汗）東京での夏・冬コミに参加予定。夏と冬には、新刊同人誌を出したいと思っています（希望・笑）。
★水上の情報をゲットしたい方は、公式サイト『水上通信デジタル版』へアクセス。
『水上通信デジタル版』 http://www1.odn.ne.jp/ruinet へＰＣにてどうぞ（二〇一〇年十月現在のＵＲＬです）。

それではこのへんで、お世話になった方々に感謝の言葉を。

明神翼先生。いつも大変お忙《いそが》しい中、今回もとても素敵《すてき》なイラストをどうもありがとうございました。ハンサムでセクシーなミハイル、そしてやんちゃだけど美人な和馬にうっとりしました。本当にありがとうございました。これからもよろしくお願いできれば幸いです。

ＴＡＲＯ。寒くなってきたので猫《ねこ》がぴったりくっついてくる～やたらあったかい～（笑）。

編集担当Ｔさん、Ｉさん、そして編集部のみなさま。今回も本当にお世話になりました。これからもよろしくお願いできれば幸いです。

この本を読んでくれたあなたへ。どうもありがとうございました。これからもがんばりますので応援《おうえん》していただけると嬉しいです。またお会いできる日を楽しみにしています。

二〇一〇年　冬　　　　水上ルイ

KADOKAWA RUBY BUNKO

ロイヤルウェディングは強引《ごういん》に

水上《みなかみ》ルイ

角川ルビー文庫 R92-31　　16577

平成22年12月1日　初版発行

発行者――井上伸一郎
発行所――株式会社角川書店
東京都千代田区富士見2-13-3
電話/編集(03)3238-8697
〒102-8078
発売元――株式会社角川グループパブリッシング
東京都千代田区富士見2-13-3
電話/営業(03)3238-8521
〒102-8177
http://www.kadokawa.co.jp
印刷所――旭印刷　製本所――BBC
装幀者――鈴木洋介

ISBN978-4-04-448631-0　C0193　定価はカバーに明記してあります。

KADOKAWA RUBY BUNKO

角川ルビー文庫

いつも「ルビー文庫」を
ご愛読いただきありがとうございます。
今回の作品はいかがでしたか？
ぜひ、ご感想をお寄せください。

〈ファンレターのあて先〉

〒102-8078 東京都千代田区富士見 2-13-3
角川書店 ルビー文庫編集部気付
「水上ルイ先生」係

秘密の特別レッスン
自分から生徒におねだりしたりして。
あなたは本当にイケナイ先生だ。
出席簿
水上ハイ
イラスト／こうじま奈月
完璧な生徒会長と美人教師の
イケナイ恋愛授業☆第２弾！
音楽教師の涼音と生徒会長の鷹之はイケナイ恋人同士。
そんな二人の前に涼音の先輩である男前のピアニストが現れ…!?